― 書き下ろし長編官能小説 ―

熟れ蜜の手ほどき

庵乃音人

竹書房ラブロマン文庫

目次

第一章　ねっとり熟女講師　5
第二章　未亡人先生は欲求不満　59
第三章　美女コーチのエロ水着　104
第四章　人妻講師の淫らな音色　160
第五章　あこがれ艶女に突入　197

※この作品は竹書房ラブロマン文庫のために
書き下ろされたものです。

第一章　ねっとり熟女講師

1

三十二歳のこの歳になるまで、料理などまったく興味がなかった。

そんな自分がてきぱきとスパイスカレーを作っているだなんてと、鈴原卓也（すずはらたくや）は不思議な気持ちになる。

「そう、その調子。もうちょっと弱火でもいいかしら」

「あっ。は、はい……」

講師に声をかけられ、卓也は緊張した。あわててガスレンジのつまみを動かし、火加減を調節する。

コミュニティセンターの清潔感あふれる調理室には、男女あわせて十人ほどの生徒がいた。

下は新婚早々の若妻から、上は定年後の暇を持てあました初老の男性などまで、幅広い年代の男女がつどっている。

広さも設備も申し分のない調理室は清潔で快適そのもの。卓也の通う料理教室は、そんな場所で今日もおこなわれていた。

「うん、いい感じ。とろみがつくまで、ときどき混ぜたりしながら、しっかりと煮こんでくださいね」

「分かりました」

その人は卓也の手もとを覗きこみ、色っぽく微笑む。互いの息さえ感じられそうな距離なのに、それに臆することもない。

料理教室の講師として、生徒たちに料理作りのイロハを指導する瀬戸香織。

噂では、三十八歳の人妻らしい。

香織は仕事をしているのであり、こんなことでドキドキするこちらがおかしいことは分かっている。

だが、これほどまでの近距離で女性と話をしたことなどほとんど経験がない卓也は、つい緊張して、調理べらをあやつる手もとを狂わせそうになる。

「ああ、水谷（みずたに）さんもいい感じ。おいしそうになってきましたね」

（やれやれ）

卓也から離れ、ほかの生徒に声をかける香織に心中でため息をついた。

あんなお色気ムンムンの熟女にそばにいられては、集中したくてもなかなかできやしない。

（まったく俺ってやつは）

誰に言われるまでもなく、いい歳をして情けない男だということは分かっていた。

だが現実問題、それが自分なのだからどうしようもない。

（それにしても、だんだんおいしそうになってきたな）

フライパンから香り立ついい香りに食欲を刺激され、卓也は自分の作る料理に意識を戻した。

今日のレシピは、スパイスチキンカレー。

意外に簡単なのよ、プレッシャーなんて感じる必要ないんだからと、事前に香織は卓也たちに笑ったが、たしかに彼女の言うとおり、手順はさほど複雑ではない。

フライパンでサラダ油を熱し、鶏のもも肉と玉ねぎを中火で炒める。

七、八分ほど炒めたら、いよいよパウダーのクミンにコリアンダー、ターメリックを加え、おろしにんにくとおろししょうがも混ぜて、とにかくグツグツと、ひたすら煮こんでいく。

料理になど興味がない頃から、カレーは大好物だった。スパイスカレーだって、何度専門店を訪れて舌鼓（したつづみ）を打ったか知れたものではない。

そんなスパイスカレー作りに挑戦していることが、ちょっぴり誇らしかった。

それはもちろん、専門店で出される本格的なスパイスカレーに比べたら、今作っているのは初心者向けの簡単なものではあるだろう。

だがそれでも、「こんな旨いもの、どうやったら作れるんだろう」と感心して食べた大好物を、料理のことなど何も知らなかった自分が曲がりなりにもこしらえられていることに、卓也はしみじみとなる。

ただ、それもこれも女にもてないことがそもそもの発端だということにまで思いが至ると、どうしても複雑な気持ちになるのだが……。


卓也はスマートフォン向けアプリの開発を主業とする、東京の新興ＩＴ企業で営業マンとして働くサラリーマン。

勤める会社は、社員数五百名ほど。

アプリ開発、インフラ構築と運用保守、Ｗｅｂシステムの開発と運用などの柱を持つ会社で、卓也はその花形部門とも言えるアプリ商品の営業を行う営業部第一課の一員として働いていた。

ちなみに同部署は、エリート畑を歩むやり手の社員たちがつどう出世コース。

どうして自分のような男――卒業した大学もそこそこなら、営業マンとしての実力だってたいしたものではない平凡な男が異動もさせられることなく働いていられるのか、じつはよく分かっていない。

平凡――そう。

自分で言うのもなんだが、これといって人に誇れるものなどただのひとつも見つからない男なのだからして、これを平凡と言わずしてなにをかいわんやだと、自虐的な気持ちで卓也は思っていた。

言いかえるなら、「つまらない男」であろう。

実際に卓也は、結婚前提でつきあっていた恋人に「あなたといてもつまらない」といきなり別れを告げられた過去を持つ。しかも、わざわざ言われるまでもなく自分でもそう自覚していただけに、業（ごう）は深かった。

今から三年前のことである。

会社の経理部にいたかわいい女性社員。自分にはもったいないほどの恋人だと思いながらつきあったが、案の定というしかない結果が待っていた。

このままではいけないと一念発起し、心を前向きなものに変えるまで半年かかった。自分だって人並みの幸せがほしいと精力的に婚活を始めたものの、知りあう女性たちからはことごとく袖にされた。

びっくりするぐらい、もてなかった。

そしてそのうちの何人かに、また言われた——「ごめんなさい。鈴原さんといっしょにいても、ワクワクできなくて……」

あなたといてもつまらないという捨てゼリフを残して去っていったかつての恋人の意見は、残念ながらまちがっていなかったということだろう。

だがそんなことを言われても、どうしたらいいのか見当がつかなかった。どうしたらいっしょにいると楽しい男になれるというのか、雲をつかむような話に思えた。

そんなとき、以前の恋人からあきれたように言われたある言葉を、卓也は思いだしたのだ。

——ねえ、卓ちゃんって趣味とかないの？

趣味。

そうか、趣味かと、卓也はようやくヒントを手に入れられた気がした。

たしかに自分は無趣味で面白みのない人間かもしれない。色恋にかぎらず、会社での人間関係や営業先でももうひとつ自信が持てないのは、人に誇れるなにがしかの専門知識がないことも関係しているのではないだろうか。

そう思った卓也は「おもしろい人間になるために趣味を持とう」と決めた。

婚活でボロボロになり、救いを求めるように「趣味道」に足を踏みいれたのは、今から三か月前のことだ。

いろいろとやってみたいことはあったが、まず最初にと考えたのは料理であった。じつは意外に料理がうまい男なんて、けっこう女受けしそうな気がしたからという、じつによこしまな理由からだったが。

そうやって、卓也は香織が講師をするこの教室に通うようになった。

ひとり暮らしをする、東京の隣はX県某市の自宅アパートから、車で三十分ほど。大きなコミュニティセンターの調理室を借りきって行われる二週間に一度の教室に、勇気を出して顔を出すようになったのである。

以来今日まで、都合のつく休日は必ず参加をし、今回で五回目になる。

つまり言いかえるなら、まだ五回だけ。

料理が趣味だと胸を張れるほどの回数には達していなかったが、それでも卓也は少しずつ、邪心とは別に料理そのものに楽しみを感じられるようになってきていた。

もっとも、ちょっとばかり色気の強烈な女性講師には、毎回気圧（けお）されるものを感じながらではあったが。

（だって、そりゃそうだって）

香織は生徒たちに声をかけ、その人にあわせたアドバイスをしていた。卓也はそんな講師を、料理をつづけながらそっと盗み見る。

四十路（よそじ）間近の人妻は、まさにお色気ムンムンという形容がふさわしかった。

もっちりと肉感的な女体は、まさに今が盛りの熟れ頃感。

しかも決して太っているというわけではなく、絶妙なバランスでほどよい豊満さが醸成されている。

色白の美貌は、柔和さを感じさせる親しみやすさ。

ふだんから笑顔の多い女性だが、笑うと目が垂れ目がちになり、見るたびに卓也は心癒やされるものを感じていた。鼻の頭が丸みを帯びていることも、フレンドリーな魅力に寄与している。

くちびるはぽってりと肉厚だ。笑顔になるたび、そこから歯並びのいい白い歯がこぼれる様にも色気が感じられた。

明るい栗色の髪は、艶めかしいウェーブを描いて肩のあたりで毛先を揺らしている。綿菓子のようにフワフワと感じられる髪は、いつも甘い香りをふりまいていた。

ひと言で言うなら、いつだって抜群の親近感。

手を伸ばせばとどきそうな距離にいるようなやさしい雰囲気が、まちがいなくこの人の持ち味だ。

（しかも）

垂れ目がちの笑顔で生徒たちにアドバイスをしている香織を盗み見ていた卓也の視線は、こっそりと講師の身体を下降した。

（あのおっぱいは反則だろ）

香織に非などこれっぽっちもないことは承知の上で、卓也は泣き言めいた感想を心中で漏らす。

今日の香織はざっくりとした印象の白いセーター姿。そこに薄桃色をしたエプロンをあわせている。

決して窮屈そうには見えないセーターであるにもかかわらず、胸のあたりだけは全体の印象とは裏腹なギチギチな感じを与えている。

小玉スイカを思わせる二つのふくらみが、セーターの生地をこれでもかとばかりに押しあげて、存在感たっぷりに盛りあがっていた。

卓也のないしょの目測では、おそらく九十五センチぐらいは軽くある、まごうかたなき巨乳。

Ｇカップはあるはずだと、卓也は思っていた。

そんなみごとなおっぱいが、ちょっと動くだけでたっぷたっぷとおもしろいほどよく揺れた。

その上、ただ揺れるだけでなく、そこにズシリとした重量感も感じさせるのだから男はたまらない。

できるだけ香織の胸に目がいかないように努力している男性は自分だけではないはずだと、卓也は思っている。

（それに、あのお尻。おおお……）

迫力を感じさせる肉体のパーツは乳房だけではなかった。香織の下半身は、足首までとどくチャコールタータンのプリーツスカートに隠されていたが、これまたゆったりサイズであるにもかかわらず、臀部だけはおっぱいと同様、パツンパツンに突っぱっている。

巨大な白桃を彷彿とさせる形状。

大きなヒップがスカートの生地を押しあげた。

本人にそんな気は微塵もないだろうものの、そんなヒップが歩くたび、プリッ、プリッと左右にくねる。弱音を吐いてもよいのなら、反則なのは乳房だけではないのであった。

「さあ、そろそろいい感じにとろみがついてきた頃だと思いますけど、どうですか」

（おっと）

時間をたしかめた香織は、料理に精を出す生徒たち全員に声をかけた。今ひとつ集中できていなかった卓也は、あわてて手もとに意識を戻す。

幸運にも、彼のカレーもとろりとした見た目になってくれていた。

「どうでしょう。そうしたら、次のステップに移りたいと思います。いいですか」

生徒たちひとりひとりに視線を向けて反応をたしかめ、声を大きくして香織が確認する。

卓也とも目があった。

こっそりと身体を盗み見ていたことが気恥ずかしく、卓也は微笑む香織からつい視線をそらした。

2

「鈴原さん」

「あ、先生……」

調理室を出て、コミュニティセンターの廊下を歩きはじめたところであった。

誰かと思えば調理室のドアを開け、講師の香織が声をかけてくる。

生徒たちは三々五々解散し、卓也より先に調理室をあとにしていた。

卓也はたった今香織にあいさつをし、本日最後の生徒として彼女の前を辞したところである。

(なんだろう)

小走りに近づいてくる女講師に、卓也は緊張した。無防備に揺れるおっぱいから、さりげなく視線をはずしながら。

——ほんとに残念なんですけど、この教室の講師、私は今回を最後に辞めさせてもらうことになりました。

いきなり香織が生徒たちに話したのは、片づけを終えた後だった。

いつもの雰囲気で最後のレッスンも終えたかったから、あえてこのタイミングで話すことに決めていたと、驚く生徒たちを前に香織は言った。

聞けばどうやら、夫の転勤が理由らしい。

急な辞令で別の地におもむかなければならなくなった夫とともに、香織も転居を決意したという。

残念がったり、涙を見せたりする生徒たちを前に、香織も目頭を押さえたりしながら、別れのあいさつをした。

思いもよらない知らせに卓也もびっくりしつつ、他の生徒たちと同じように、これまでの指導に感謝をし、香織に別れを告げたのであった。

そんな講師に呼びとめられたのだから、卓也がとまどうのも無理はない。

「急いでいる？　大丈夫かしら」

「あっ……え、ええ。平気ですが、なにか」

卓也に近づいてくると、香織はいつものフレンドリーな笑顔で彼を見あげた。

身体はむちむちと大迫力だが、背丈はさほどではない。髪の乱れを直すようになでると、女講師はもう一度、卓也に白い歯をこぼす。

「うん、あのね……」

そう言ってから、逡巡するような間ができた。いったいなんだろうと、卓也はいささか緊張してくる。

「あの、先生──」

「うん。えっと、あの……鈴原さん、今度の週末、なにか予定あるかしら」

「え。予定、ですか？　ちょっと待ってください」

いきなり聞かれ、とまどいながらも、卓也はスマートフォンで予定をたしかめるふりをした。

本当は、スマホなど持ちださなくても答えなんて分かっている。休日の予定など、あるわけがない。

「そう、よかった。あのね」

予定はないと告げると、香織は安堵したように相好をくずし、さらに言葉を続けた。

「よかったら、個人レッスン、してあげたくて」

「えっ」

思いもよらない申し出に、文字どおり卓也は息を呑んだ。

「個人レッスン、ですか」

「そう。個人レッスン。迷惑かしら」

「そんな、そんな」

柳眉を八の字にして言われ、卓也はあわててかぶりをふる。そんな彼を見て、香織は垂れ目になって笑った。

「鈴原さん、回を追うごとにいろいろと上手になってきてるじゃない。私、ほんとに教え甲斐を感じていたのよ」

「あ……ありがとうございます」

うれしいことを言われ、卓也は深々と頭を下げた。

たしかにそれなりの進歩は、自分でも感じていた。

教室に通いはじめた頃はどうなることかと不安だったが、習うより慣れろとはよく言ったもの。

回数を重ねるごとに、卓也は料理をする喜びを、ささやかな進歩とともに感じはじめていたところである。

「だから、そういう意味ではすごく残念。でもって、まだ鈴原さんに教えていない秘伝があったことに気づいたの」

「秘伝？」

香織の言葉に、つい卓也は食いついた。

秘伝とはいったいなんだろう。どんなジャンルにせよ秘伝という言葉には、好奇心を刺激する不思議な力がある。

「先生、秘伝って」

「うん、だからそれをね、よかったら個人レッスンで伝授してあげたくて。そういうつもりで予定を聞いたの。もしよかったら、来週の週末、お時間いかがかしら」

「いいんですか」

香織の厚意に恐縮しながらも、卓也はうれしくなった。

まさか自分のようなビギナーの生徒をそこまで気にしてくれていただなんてと、心浮きたつ気持ちになる。

勇気を出し、料理を学びはじめてよかったと、しみじみとした。

「ええ。ご迷惑でなければ」

「迷惑だなんて。ぜひお願いしたいです」

「そう？　それじゃ決まりでいい？」

「ぜひぜひ。お願いします」

卓也は緊張しながらも、背すじをただしてもう一度頭を下げた。三十八歳の美人講師は、そんな卓也に目を細めて破顔する。

（わあ）

気恥ずかしさから、つい視線をそらし、胸もとに向けそうになった。こらこらと卓也は自身を制し、ぎこちない笑顔で香織に応えた。

3

「きれいに暮らしているのね。若い男性のひとり暮らしだから、もう少しちらかっていると思っていたのに」

「先生がいらっしゃることになったんで、あわてて掃除しました。あはは」

それから一週間後。

卓也は自宅の木造アパートに香織をまねいた。

（まさか、俺の家でやることになるとは思わなかったな）

この期に及んでも、まだ緊張ととまどいがあった。

てっきりいつものコミュニティセンターで教えてもらえると思ったが、卓也の自宅で教えたいと言われ、この一週間は、仕事から帰ってくると毎晩自宅の整理整頓に忙殺された。

　六畳の洋室にダイニングキッチンとユニットバスだけの、どこにでもある平均的な木造アパート。

　全六室二階建てのそこは築十年ほどで、建物自体はまだ十分きれいだが、香織の言うとおり、男ひとり暮らしの生活は、とてもすぐには客など迎えられないほど雑然としていた。

　寝る間もおしんで掃除機をかけ、棚の整理をし、不用品は思いきって処分。かぎられた時間の中で見違えるほど整然とした部屋にできた自分を、卓也はほめてやりたかった。

「それにしても、ほんときれい。わあ、公園が見える」

　ダイニングから洋間に移動した。窓から見える近所の光景に、香織は身を乗りだして陽気な声をあげる。

　ＪＲの駅からは、いささか離れた場所にあるアパートだった。だがその分、環境はよく、周囲は閑静な住宅街。

　香織の言うとおり、すぐ近くには緑豊かな公園やスーパーなどもあり、卓也はいろいろと気に入っていた。

（なんだかドキドキする）

調子をあわせて女講師と会話をするものの、やはり緊張はいかんともしがたい。

住み慣れた空間で目にする香織は、いつもの彼女とはいささか趣（おもむき）が違った。それは女講師が少女のようにはしゃいでいるせいだけではない。

今まで一度として見たことのない、シックな紫色のワンピース。肌に吸いつくようなデザインとニット素材のせいで、教室で見るときより、明らかに女体のシルエットがはっきりしている。

おっぱいの大きさもヒップの迫力も、これまで以上にセクシーで圧巻だった。別人のようにリラックスし、さらに明るく笑っている香織の様子にも、コケティッシュな魅力がある。

「おっと。いつまでもこんなことしていちゃいけなかったわね」

卓也を相手にひとしきり、自分が暮らした若い頃のアパートの話などを語って聞かせたあと、香織は自分の頭を平手で軽くたたいた。

「はい、教えてください。その……秘伝を」

待ちかねていた卓也は居住まいを正し、ものを教わる生徒に戻って軽く一礼する。

「ええ、いいわよ。じゃあ、始めましょう」

香織はそう言って、軽やかな足取りでキッチンに戻っていく。
ささやかなダイニングテーブルには、香織が持参したレジ袋がふたつ、そのままに
なっていた。
どちらにも、女講師が買ってきた具材や酒瓶などがぎっしりと入っていて、最初に
それを見たときは、卓也は目を白黒させた。
「いっしょに作りましょ。エプロンを用意して」
「はい」
香織は自らもエプロンを取りだし、卓也にもうながした。
(先生といっしょに料理)
卓也はちょっぴり甘酸っぱい気分になりながら、タンスの中からエプロンを取りだ
し、いそいそと身につけた。
(これも、いい思い出になるかもな)
香織の話では、正真正銘、彼女と会えるのは今日が最後。女講師がこの街にいられ
る日々は、あまり残されていなかった。
「それじゃ今までの復習もかねて、鈴原さんにもいろいろとやってもらうわよ。準備
はいい?」

「お願いします」

「ンフフ。それじゃまずは……」

エプロン姿になったふたりはレジ袋から具材を出し、料理の準備を始めた。

卓也は香織の指示にしたがい、真剣に最後のレッスンに臨んだ。


「ああ、ほんとにお腹いっぱい。おいしかったわね」

「ありがとうございます。先生のおかげです」

「そんなことない。短い間だったけど、上手になったわね、鈴原さん」

「ど、どうも……」

もう何度、紙コップを軽く打ちつけあったか分からない。

それなのに卓也は、またも香織に求められ、彼女が手に持つ紙コップと自分のコップをそっと打ちつけて乾杯をする。

(まだ飲めるんだ……先生、けっこうイケる口みたいだな)

香織は紙コップをかたむけ、ぬるくなったワインをおいしそうに嚥下した。白い喉がわずかに動き、コクコクという小さな音がする。

できた料理をつまみにして差しつ差されつするうちに、ふたりともいい感じに酔いが回っていた。

ワインを飲む香織の美貌には、ほんのりと赤みが差している。そしてそれは卓也も同様のはずで、頬が熱を持ち、腫れぼったくなっていた。

キッチンのダイニングテーブルでランチをしていた。

ランチといっても、いっしょに作ったのは酒のつまみにいいものばかり。

タコとキュウリのキムチ和えや、トウモロコシの青のり塩バター焼き。手羽先のネギ塩だれや、フルーツトマトとエビの卵いため、マイタケの醤油焼きといった料理が、ところせましと並んでいる。

ふたりで用意したとはいうものの、大筋は香織の手によるものばかりだった。

料理教室で教わったレシピもあったものの、手際のよさや味付けが香織にかなうはずもない。

卓也はアシスタントのようになって、つまみ作りを手伝った。

そうした作業の中、「これ秘伝」「これも秘伝よ」と、香織はいろいろと隠し味の作り方やしあげ方のコツなどを伝授してくれた。

卓也は用意した小さなノートにメモを取りつつ、そんな香織に懸命にしたがい、つまみ作りを終えたのである。

（やっぱりいいなあ、こういうのって）

ほろ酔い加減でリラックスした会話をしながら、卓也はうっとりと香織を見た。

自分にもいつか、こんな風に楽しく酒が飲めるすてきな彼女ができるだろうか。いろいろと忌憚なく話のできる、心許せるパートナーと出逢うことはできるのか。

「ああ、ほんとに気持ちいい。ねえ、鈴原さん、飲んでる？」

「はい、飲んでます」

「そう、よかった。それでね……」

酒が入ったせいで、女講師の口はいつもより軽くなっている。

生活のためだからしかたがないものの、本当は引っ越しなどしたくはないだの、夫婦なんて何年も続けたら、もはやただの同居人だの、癒やし系の美人教師は、何度も「この街にいたいな」と繰り言のように言い、卓也と酒を酌みかわした。

「ねえ、鈴原さんって、彼女とかいるの？」

いきなり香織がそう話を振ったのは、テーブルのつまみがいい感じで胃袋に収まり、ワインの瓶もあらかた空になりかけた頃だ。

ちなみにふたりはワインを開ける前に、五百ミリリットルの缶ビールを三本も飲んでいる。

「えっ。なんですか、いきなり」

ねっとりとした上目づかいで見つめられ、卓也はとまどった。

「いいじゃない。言いなさいよ。ねえ、彼女いるの、いないの？」

恥ずかしがる卓也に有無を言わせぬ雰囲気で、熟女はさらに聞いた。テーブルに身を乗りだして肘をつき、いたずらっぽい笑みとともに卓也を見つめる。

「い、いません」

そんな返事をせざるを得ない自身に情けなさをおぼえつつ、卓也は正直に答えた。ことここに至る事情も話し、なにか趣味を持てば少しでも世界が広がるかなと、教室に通うようになったことも告白する。

「そうだったのね」

すると香織は椅子の背もたれに背中を預け、何度もうなずいた。

「鈴原さんがモテないなんて信じられないな」

「いやいや。事実です」

世辞だとは分かっていたが、香織にそんな風に言われるとうれしかった。卓也が答えると、香織は「ううん」と彼の言葉を否定するようにかぶりを振る。

「ほんとに信じられない。私ね、ダンナとはとっくの昔にセックスレスなの」

「はあはあ……はっ？」

反射的にうなずいたものの、耳に飛びこんできた香織の言葉に、思考がついていかなかった。

飲みすぎたかとあわてるも、今聞いたばかりの言葉をもう一度心中で復唱しても、やはり話の流れが分からない。

「あれ、えっと……先生――」

「香織さんでいいわ。セックスレスの、さびしい、さびしい、香織さん」

自虐的かつ歌うように言うや、香織はおもむろに立ちあがった。じっとりと、粘りに満ちた目つきで卓也を見つめながらテーブルを回って近づいてくる。

「いや、あの……せんせ――」

「香織さんだってば」

「――んむう。えっ……えっえっ、むんうぅ……」

卓也は目を見ひらく。

これはいったいどういう展開だ。香織はいきなり卓也の顔を両手で包み、自ら熱烈に接吻をした。

「ちょ……せんせ……か、香織さん……」

「鈴原さん……ううん、卓也くん……卓也くん。んっんっ……」

……ちゅうちゅう。ちゅぱ。ぢゅちゅ。

香織は右へ左へと小顔を振り、淫靡（いんび）な音が立つこともいとわず、何度も卓也の口を吸う。

（なんだこれ）

酒の甘さを濃厚に含んだ香りが、口移しで卓也にもたらされる。

至近距離で見つめる熟女は、うっとりとした様子で目を閉じていた。丸みを帯びた愛くるしい鼻から鼻息が漏れ、生温かなそれが卓也の顔面をなであげる。

「香織、さん……んっんっ、むんぅ、どうしたんですか……」

急展開としか言いようがない流れについていけず、狼狽（ろうばい）したまま卓也は聞いた。

動転している気持ちに、嘘偽りは微塵もない。

だがそうであるにもかかわらず、ちゅっちゅと狂おしく口を吸われると、パニックになる気持ちとは関係なく、股間がキュンと甘酸っぱくうずく。

「むふう、むふうン……言ったでしょ。私、セックスレスなの」

香織はなおも卓也の口を吸いつつ、あっけらかんとした口調で言った。

「いや……んむう、それは分かりましたけど……んっんっ……それとこれと──」

「今日のレッスン料払ってくれる？」

「えっ」

「個人レッスンで、しかも秘伝伝授の特別授業だから、十万円になるんだけど」

「じゅ――」

いきなりくちびるを離し、真剣なまなざしで請求された。香織が口にした金額に驚き、卓也は絶句する。

「先生、それは」

「無理でしょ。だったら黙ってて。女にこれ以上言わせちゃだめよ、卓也くん」

「あ……」

香織は手を取って卓也を立ちあがらせると、洋室に移動しようとした。

さすがに卓也もすでに理解していた。潤む香織の視線の先には、毎晩卓也が使っているシングルベッドがある。

「香織さん」

「最後の秘伝、教えてあげる」

ベッドにいざないながら、砂糖菓子のような甘い声で女講師は言った。

卓也をベッドの端に座らせる。なおも唖然とする卓也から一歩、二歩と下がると、香織はワンピースを脱ぎ始めた。

「か、香織さん」

香織は背中に手を回すと、ワンピースのファスナーを降ろす。さらに粘りの増した両目でねっとりと卓也を見おろして言った。

「教えてあげる。最後の秘伝。とても気持ちいいオマケつきの、とっておきの秘伝」

そう言うや、香織の身体からすとんとワンピースが落下した。

「おおお、かお――」

「もっとモテるようにしてあげるわね、卓也くん」

ワンピースの下から現れたのは、ムンムンと息づまるほどの色気を満タンにした完熟の女体。

どこもかしこもムチムチと肉感的な身体を隠しているのは、高価そうな花柄のブラジャーとパンティだけである。

どちらの下着も、わざとサイズ違いのものをつけているのではないかといぶかりたくなるほど、白い肌にギチギチに食いこんでいた。

小玉スイカ顔負けの乳房がブラカップに締めあげられ、窮屈そうに肉実をくっつけて深い谷間を作っている。

「ンフフ」

香織は目を細め、セクシーな顔つきになって卓也を見ながら両手を背中に回した。プチッと小さな音がしたかと思うと、はじけ飛ぶようにブラカップが乳から離れる。男を狂わせる豊満なおっぱいが、卓也の眼前にさらされた。

「うわあ……あ、あの――」

気づけば卓也は、ベッドの縁にへたりこんだまま動けなくなっていた。

露わになった色白の巨乳は、たっぷたっぷと重たげにふたつの房をはずませる。肉と脂肪をたっぷりと内包した得も言われぬ丸みと大きさは、苦もなく男を腑抜けにする魔性の淫力に富んでいた。

迫力たっぷりに盛りあがる乳の先には、淡い鳶色をした乳輪と乳首がある。乳首はすでにしこり勃ち、サクランボのようにキュッと締まった形を見せつける。

「いらっしゃい」

蛇ににらまれた蛙のようになった卓也に微笑み、香織は横に腰を下ろした。卓也の視線は、重たげに揺れるたわわな乳に吸着したままだ。

「ほら、来て」

香織は両手を広げて卓也に言った。

「おっぱい、吸わせてあげる」

「香織さん」

「知ってたのよ、私」

「えっ」

「ウフフ。きみがいつだって、私のおっぱいに興味津々だったこと。ううん、おっぱいだけじゃなさそうだけど」

「ああ……」

全部ばれていたのかと、天を仰ぎたい気持ちになった。

そして同時に、もうだめだと観念する。

酔っていることを差し引いても、このおっぱいにはあらがえない。

こんないやらしい乳を目の前にして理性を維持できる方法があるならば、それもまたまちがいなく秘伝級であろう。

4

「おお、香織さん。ああ、どうしよう、んっんっ……」

「ハァン、卓也くん。いいのよ、いいのよ。もっと吸って。あはぁ……」

「たまらない、んっんっ……」

……ちゅうちゅう、ちゅぱ。

「アハァァ……」

卓也は身体も脳髄もしびれさせたまま、香織に膝枕をしてもらっていた。小さなパンティ一枚だけの姿になった美熟女は上体を卓也によせ、乳を吸わせている。

今卓也は、口中に女講師のしこった乳首を含み、夢中になって吸っていた。

まるで赤子のようだった。

「香織さん、おお、んっんっ……」

……ぶちゅっ。ちゅうちゅう。ぶちゅちゅ。

「はぁ、ンッ、ンッハァ……アン、卓也くん……そうよ、そうよ、ああ……」

(信じられない)

身も心もとろけたようになったまま、卓也は乳首を舐めころがし、乳を吸う。

豊満な乳房が顔面全体を圧迫するかっこうになっていた。

練り絹を思わせる温かなおっぱいを息すらできぬほど押しつけられ、卓也はますます全身をうずかせる。

　しかも卓也を歓喜させるのは、乳吸いの刺激だけではない。

「香織さん。くぅ、気持ちいぃ」

「ンフフ。アン、すごく硬い。こんなに興奮して。はぁはぁ」

……しこしこ。しこしこ、しこ。

「とろけちゃいます」

「ンフフ。はぁはぁ……」

　香織は乳を吸わせながら、丸だしにさせた卓也の陰茎をしごいていた。

　いい歳をした赤ん坊の肉棒は、身も蓋もないほど勃起している。天衝く尖塔さながらになった牡茎を白魚の指でにぎり、女講師はリズミカルな動作で、上へ下へとペニスをしごく。

「んくっ、んむう、香織さん……」

「もっとね？　もっとしごいてほしいのよね。こうでしょ」

「わあ。わあ。わあ」

　香織はさらに激しく、猛る怒張を白い細指で擦過した。

　やはりこの人は人の妻なのだと思わずにはいられない。股間の一物をしごく熟女の手つきは、男のツボを知悉した卑猥な巧みさを感じさせる。

張りつめた本体部分を擦過していた指が動きを変え、膨張した亀頭を包みこむように愛撫する。

感度を増していた鈴口をそんな風に揉みしだかれたら、たまったものではない。卓也はあまりの気持ちよさに身もだえし、思わずれろれろと、はじくように舌で乳首を舐め転がす。

「ンッフウン、あン、いやん。あっあっ、そんなに舐められたら私。ヒイィン」

「はぁはぁ。香織さん……」

「ひ、秘伝」

「えっ」

「エッチの秘伝、その一。ねえ、思っていること、口にして。あっあっあっ……」

香織もいい感じなのだろう。乳芽を転がすたび、ビクン、ビクンと感電でもしたかのように痙攣しながら、甘い声で卓也に言う。

「香織さん……」

「言って。今どんな気持ち」

「くぅ……こ、興奮します。香織さんにいやらしいことをしてもらって、すごく幸せです」

「私、いやらしい？」

「――っ。いやらしいです。でもすごくきれいです。いつも以上に、香織さん、今すごくきれいです」

「アッハァァ……」

心からの思いを言葉にしただけだ。

それなのに香織は感極まったように尻をもじつかせ、さらに強くグイグイとおっぱいを卓也に押しつける。

丸めた指の輪で、シュッシュと肉傘の縁を擦過する。

「おおお……」

……ぶちゅぶちゅ。

強烈な刺激に辛抱たまらず、卓也は尿道口から音を立てて先走り汁を漏らした。

「まあ。ンフッ」

しかし、やはり相手は手練れの熟女。

おかしそうに笑いつつ、あふれだしたカウパーを自ら指に塗り、潤滑剤にしてさらにヌチャヌチャとカリ首を擦過する。

「わあ、たまらない」

「ねえ、こっちも吸って。おいしい、卓也くん？」

「むぶう……んっんっ、お、おいしいです。香織さんのおっぱい、大きくて、乳首もいっぱい勃起していて。きれいだけどいやらしいです。んっ……」

……ちゅうちゅう。ちゅぶ。

「んっあああ。そうよ。もっと言って。女はね、言葉でもいっぱい興奮するの。誉めてもらったり、ちょっと恥ずかしいことを言われたりすると、よけい燃えるの」

二つ目の乳首をサディスティックに舐めしゃぶれば、香織は先ほどまで以上に悩乱し艶めかしく身をよじり、風船のような乳房を顔面に押しつける。

「ぷはっ、んくぅ、香織さ――」

「それがひとつめの秘伝。覚えておいて、卓也くん。ハアァン」

「は、はい」

(そうだったのか)

狂おしさを増した手コキにさらに身もだえつつ、香織の言葉に卓也は心中でうなずく。これまでセックスの場では、照れくささや自信のなさが先に立ち、とても相手を気づかったり、誉めたり責めたりするようなことはしてこなかった。

そして相手もまた、どこか居心地悪そうに卓也との行為に身を任せていたことを思いだし、あらためて自分の至らなさを卓也は猛省する。

「ンフゥン、さあ、それじゃレッスン」

香織は陰茎から手を放すと尻をずらし、ベッドに仰向けになった。

お色気ムンムンの女体が、もう一度卓也の眼前に全貌をさらす。

八の字に流れたおっぱいが左右に分かれ、まるで鏡餅のように、先端の乳輪と乳首の存在感を主張する。

「いやらしいことを言いながら、いっぱい舐めて、卓也くん」

「えっ、舐める？」

両手を広げていやらしいねだりごとを言う香織に、卓也は思わず聞き返した。

「そうよ。エッチの秘伝その二。たいがいの女は、身体を舐められるのが大好きよ。特にここや」

そう言って、香織はふたつの乳首を指でつまむ。

「やっぱりここ」

続いて示したのは、股間の局部だ。

花柄のパンティがなおも隠している恥部を、薄い下着越しに指で押さえ、ワレメに生地を押しこむようにする。

「香織さん」

……スリスリ。スリスリスリッ。

「おおお……」

「ンッフフ」

花柄のパンティにワレメのスジがくっきりと浮きあがった。しかもよく見ればワレメの部分には、じわじわと淫靡なシミが広がっている。

（エ、エロい！）

「いきなりここにおち×ちんを挿（い）れようとしたりしちゃだめよ。そんなのムードもへったくれもない。いろいろなところをいっぱい舐めて、言葉でも誉めたり責めたりして女をいい気持ちにさせたり辱（はずかし）めたりしながら、たっぷりと前戯に時間をかけて。ほら、レッスン開始」

「はい……」

「アハアァ……」

卓也は上着を脱ぎすてて全裸になり、香織のかたわらに密着した。

片手でおっぱいを鷲づかみにし、もにゅもにゅと揉みしだきながら、匂いやかなうなじに口づける。

「ハァン、卓也くん。きゃっ。きゃン」

「はぁはぁ……香織さん。きれいです。いつもいつも、きれいな先生だなって思いながら、料理を教えてもらっていました」

「あああああ」

勃起乳首を指で転がし、舌でねろとろとうなじや耳を舐めていく。

「いいわ。あン、いい。うなじが性感帯っていう女はとても多いからね。ああ、そこ。そこよ、そこ」

「ここですか?」

……れろれろ。ねろねろねろ。

「うああ。そうよ、そこそこ。ああ、感じるわ、卓也くん。続けて。もっと続けて」

「は、はい。えっと、えっと……」

「ハアァン。あっあああ」

白い首すじをべっとりと唾液で穢(けが)しながら、感じるという部分を丹念に舐め、乳房を揉みしだき、乳首をあやす。本格的に牝(めす)の素顔を明らかにしはじめたらしい香織の敏感な反応に、驚きと興奮、君臨しているような全能感を覚えつつ、卓也は必死に頭をフル回転させる。

「か、香織さんのこのおっぱい、こんな風に揉んだり……こんな風に乳首をつまんだり、引っぱったりしたかったです」

「ヒイ。ヒイィ」

恥ずかしさを押し殺し、卓也は心の奥底にひた隠しにし続けたいけない願望を言葉にし、実践もした。つまんだ指で乳首を引っぱり、平らにつぶれていた乳房を釣り鐘のような形に伸ばす。

「ヒイィ、恥ずかしい。いや。いやいやいやっ」

「あ、すみませ――」

「謝らないで。やめないで。続けて。もっと引っぱって」

「――っ。こ、こうですか？」

「ヒイィ。あっあああ」

あわてて行為をやめようとすると、香織はそんな卓也を色っぽい声で制し、続けさせようとした。卓也は熟女にあおられる形で、こよりでも作るように乳首を指で転がしながら、さらに乳房を手前に引っぱる。

「ヒイィ。ヒイイィ。ああ、感じちゃうンン」

「香織さん……」

もはや人妻のおっぱいは、円錐(えんすい)のような眺めになっていた。まん丸なはずの肉房が強制的に引っぱられて滑稽(こっけい)なほど変形している。サクランボのような乳首も、スティック状のサラミのように伸びている。

(ああ、いやらしい)

「ふるわせて。ねえ、おっぱいブルブルふるわせて」

「香織さん」

「ふるわせて。乳首つまんだままふるわせて」

「こうですか」

……ブルブルブルッ。

「あああ。ああああああ」

(すごい)

乞(こ)われるがまま、伸ばした状態のおっぱいを波打つ動きでふるわせた。

それにしても香織の、この取り乱しかたはいったいなんだ。我を忘れたよがり声をあげ、卓也の責めに狂乱する。

甘い酒の香りが、淫らな声とともに空気中に拡散する。

「い、いやらしい。エッチな責めでこんなに感じて。香織さんっていやらしい人だったんですね」

こんな失礼なことを言ってもいいものかと思いはしたが、誉めたり辱めたりしろと美熟女からはアドバイスをされていた。

さじ加減はよく分からないものの、卓也は懸命に思考をめぐらせて思いを言葉にし、人妻の反応を見る。

「ああン、そんなこと言わないで。あ……ま、真に受けちゃだめよ。そんなこと言わないでは、もっと言ってって意味かもしれない。女の言葉を真に受けちゃだめ」

「そうなんですか。そ、それじゃ……えっと……見てください、香織さん。いやらしいおっぱいがお餅みたいに伸びています」

香織の反応をたしかめ、卓也はさらに乳房を伸ばす。

「ヒイイィン。ああ、感じちゃうンン。伸ばさないで。そんなに伸ばしたら恥ずかしい。ヒイイ。ンッヒイイィ」

……ブルブルッ。ブルブルブルッ。

「うあああぁ」

「香織さん……」

「もっとして。いやン、やめて、恥ずかしい。もっともっと。もっと伸ばしてブルブルして。いやあ、やめて。こんなことするなんて意地悪。やめないで。あああ」

（たまらない）

さらに伸ばしてふるわせれば、女講師はもはや悶絶寸前だ。絶え間なく身をよじって我を忘れたように声をあげ、卓也にしがみついてくる。

あっという間に火照りを帯びた美肌は、いつもの白さから熱でも出たような朱色に変わり、その上汗ばみ始めていた。

汗がかもし出す生温かな熱気と甘い香りに、ふわりと顔を撫でられる。

「卓也くん、恥ずかしい。恥ずかしいけど感じちゃう」

「き、きれいです。恥じらいながら感じている香織さん、とってもセクシーです」

「ああ、もっと言って。ねえ、もっといっぱい体中舐めて」

「香織さん」

「舐めて舐めて。いっぱい舐めて。舐めてえええ」

5

「うあああ」

……ビクン、ビクン。

「またイッた……」

「見ないで、見ないで、あああ……」

香織はベッドに突っ伏し、派手に身体を痙攣させた。

もうこれでいったい何度、軽いアクメに達したことか。

卓也は心中で指折り数える。ねっとりと汗を滲ませた裸体が窓越しの日差しを受けて淫靡に艶光り（つやびか）する。

パンティ一枚だけの裸身が光っているのは、噴きだした汗のせいばかりではない。すでに卓也は女陰以外のあらゆるところを、時間をかけてたっぷりとしつこいほどに舐めまわしていた。つまり美熟女の半裸身は、いたるところが卓也の唾液でベチョベチョになってもいる。

(四回か)

香織は乳房への責めで二度、パンティを半分ほどずり下ろして舐めつづけたアヌスへの責めで二度、昇天した。

けっこう感じやすい女性のようだ。

だが香織が言うには、他の部分への丹念な前戯や、言葉による脳への刺激があったからこそのアクメなのだと言う。

（きちんと愛してやれば、きちんと反応してくれるんだ。女の人って……）

ベッドにつんのめったまま、乱れた息をととのえる女講師に、卓也は股間の肉棹（にくざお）をビクビクとふるわせながらしみじみとしたものを感じていた。

セックスの場で、こんなに言葉を駆使したこともなければ、これほどまでに時間をかけ、女体をくまなく舐めまわしたこともない。

だが香織に教えられ、導かれるがまま奉仕をしたことで、都合四回も、人妻は頂点に達する姿を見せてくれた。

今までつきあった女性たちに、卓也は申し訳ない気持ちになっていた。決して手を抜いていたつもりはないものの、今日のこのネチネチとしたセックスに比べたら、卓也がしてきたこれまでの性交は淡泊もいいところだ。

「香織さん……」

「あああ……」

脚を投げだして突っ伏す香織のパンティに指をかけ、ズルズルと下降させた。

パンティはすでに半分以上脱がされ、尻の下半分を覆う格好になっている。丸まった下着を脱がし、太腿（ふともも）から膝、ふくらはぎから足首へと移動させ、ついには完全に女体から脱がす。

「ハアァン……」

「おおお、香織さん……」

ぐったりとした熟女をエスコートし、ベッドに仰臥させた。

もっちりした両脚をつかみ、あられもないM字姿にさせると、ついに香織のもっとも恥ずかしい部分が、なにひとつさえぎるもののない状態で眼前にお目見えする。

やわらかそうなヴィーナスの丘は、ふっくらとした肉まんのよう。色白の秘丘に、淡い恥毛の茂みがあった。生えしげる量はことのほか少なく、地肌が透けて見えるほどだ。

牝の恥裂は、陰毛のすぐ下にある。

快楽への渇望をあからさまにした生殖器は、目にするだけで陰茎がうずくほど、エロチックな劣情をアピールする。

ワレメ自体はさほど大きさを感じさせない、小ぶりなものだ。

だが大陰唇を左右に割り広げ、大胆に飛びだす小陰唇のビラビラは、隠しようのない好色さを感じさせる。

その眺めは、殼から飛びだす貝肉を彷彿とさせた。

ラビアの縁が百合（ゆり）の花のように丸まり、肉厚のそこにいくつもの皺（しわ）を刻んでいる様にも、牡（おす）の痴情をそそるものがある。

つつましく閉じていなければならないはずの肉扉はとっくの昔に役目を放棄し、くぱっと左右に開いている。

そこから見える粘膜の園は、たっぷりと愛蜜でコーティングされながらサーモンピンクの色合いを見せつけた。ゴツゴツとした隆起を感じさせる粘膜の下部には、あえぐようにひくつく膣（ちつ）穴が見える。

……こぽっ、こぽっ。

「おお、香織さん」

「あン、いやン、だめぇ……」

見られることを恥じらってというよりは、見られてますます興奮して、という感じであった。

香織の牝穴は開口と収縮をくり返した末、いきなりあだっぽい汁音を立て、新たな愛蜜をあふれさせる。

「さあ、最後はここですね。いやらしいです、香織さん」

卓也はそう言い、美熟女をガニ股姿にさせたまま、媚肉にふるいつこうとした。ところが香織はそんな卓也を制する。

「も、もうだめ。ねえ、挿れて」

卓也は驚いて香織を見た。

「香織さん」

「あとで……あとでいっぱい舐めさせてあげるから。今はもうだめ。我慢できなくなっちゃったの。ねえ、おち×ちん挿れて。お願いよう、卓也くん。ここに。ここに」

「うわあ」

いきり勃つ男根が、股間でブルンとふるえた。

香織が両手の指を自らの股間に伸ばし、誇示するように陰唇をくぱっと左右に開いてみせたからだ。

人妻の牝肉は横長の菱形状(ひしがた)になり、ピンクの粘膜をさらに露出させる。

(こんなものを見せられたら、も、もう俺……)

「一度で終わりじゃないでしょ？　ねえ、もっと私とエッチしたいでしょ？」

人には見せられない下品なポーズで女陰を広げてみせながら、うわずり気味の声で香織は言った。

「香織さ――」

「あとで舐めさせてあげる。いっぱい舐めてくれるわよね？　でも今はもうだめ。もうおかしくなりそうなの。ねえ、だから――」

「ああ、香織さん！」

「アァアン」

なんてうれしいことを言ってくれるのかと、天にも昇る心地であった。こんなにも熱烈に合体をねだられたことは、これまでの人生においてただの一度もない。

卓也は人妻に覆いかぶさる。

汗と唾液でネチョネチョになった女体の、淫らな湿りと熱さを感じながらペニスを手に取り、亀頭とぬめり肉を擦り合わせた。

「ンッヒィン、卓也くん」

「い、挿れますよ。挿れますからね。ああ、香織さん」

――ヌプヌプヌプヌプヌプッ！

「あああああ」

……ビクン、ビクン。

「えっ……」

万感の思いとともに、荒々しく腰を突きだした。ヌルヌルして狭隘な胎路に肉棒が埋まり、最奥の肉塊に行く手をさえぎられる。

「あう。あう。あう……」

(嘘だろう)

ひとつにつながるなり、香織はまたしても淫らに裸身を痙攣させた。演技ではなく、見られることを本気で恥じらうかのように、あちらへこちらへと顔をそむけ、色っぽく首すじを引きつらせる。

どうやら挿入しただけで、五回目のアクメに達したようだ。

(もしかして、子宮に)

卓也はそう確信した。

高い確率で、どうやら自分はポルチオ性感帯らしきものに亀頭を突きさしたのではあるまいか。

いい気分だった。セックスで、これほどいい気分になったことはない。我知らずペニスにさらなる力がみなぎる。

「う、動いて、卓也くん。なにをぼさっとしているの」

しかし香織は貪欲だ。

胸を張りかけた年上の男に、本音をあらわにして求める。

「えっ、だって……」

「いいから動いて。責めて、責めて、どんどん責めて」

「は、はい」

あおられるかのようにして、卓也はいよいよ腰を使い始めた。

……バツン、バツン。

「うあああ。うああああ。動かないで。今イッたばかりなの。動いたら感じちゃう。動かないでってばあ」

(……これは、気にせず動けってことだよな)

これまでのやりとりから、卓也はそう忖度した。

したがって、動きを止めることはしない。

逆に、これぐらいなら怒られないよなと気づかいつつ、腰の動きにサディスティックな荒々しさをちょっとだけ加える。

……ぐぢゅる。ぬぢゅる。

「あああ、やめて。感じちゃう。動かないでって言っているのに。意地悪、意地悪、止まって止まって。ああ気持ちいい」

突きあげるようなえぐりかたで、ぬめる淫肉に肉棒を突きさしては抜いた。カリ首と膣ヒダが擦れるたび、腰の抜けそうな快美感がひらめく。

残念ながらそんなに長くは持たないと早くも白旗を揚げる。とろけるような胎肉の快さに恍惚（こうこつ）とする。

「気持ちいい。奥に当たってる。ち×ちんが奥に。あああ。あああああ」

「香織さん、もう出ちゃいます」

「抱きしめて。ギュッてして。ハアァン……」

求められるがまま、卓也は汗みずくの女体をかき抱いた。香織も卓也に腕を回し、お返しのようにせつない力で抱きすくめる。

じっとりと湿る身体は、淫靡な体熱も感じさせた。左の胸でバクバクと、熟女の心臓が早鐘さながらに鳴っている。

「香織さん……」

「いっしょにイコうって言って。あっあっあっ」

「い、いっしょに……いっしょにイコう」

「アハァ、卓也くん。連れてって。いっしょにイカせて。アハァ、ハアアァ」

「はぁはぁ。はぁはぁはぁ」

香織は熱烈に卓也を抱きしめ、動きを合わせて腰をしゃくった。

（ああ、いやらしい）

これまたはじめての体験だ。

自分の腰振りとシンクロさせて尻を振ってくれた女など、これまでひとりとしていなかった。

（もう出る！）

言うに言えない悦びは射精衝動を刺激した。

カリ首と擦れ合う膣肉の気持ちよさは、卓也のやせ我慢など通用しない。ひと挿しごと、ひと抜きごとに爆発の瞬間が近づいてくる。

「ハアァン。あっあっ。いやあ、気持ちいい。卓也くん、もうだめ。イッちゃう。イッちゃうイッちゃうイッちゃうイッちゃう。うあああ」

「香織さん、出る……」

「うああ。あっあああっ‼」

――びゅるる！　どぴゅぴゅう！

（あああ……）

恍惚の雷に脳天からたたき割られた。卓也は天空高くロケットのように打ち上げられ、射精の快感にうっとりとおぼれる。

二回、三回、四回……。

アクメに達した男根は、まがまがしい脈動音を立てながら、咳きこむ勢いでザーメンを吐きだした。

しびれる頭でようやく気づく。卓也は、それがさも当然の権利のように、膣奥深く怒張を埋めたまま射精していた。

(よかったのかな)

精液を放出するごとに、理性がよみがえってくる。だが、ここで陰茎を牝肉から抜いてももう遅い。しかも香織は中出しをされても、何も言わずにオルガスムスのエクスタシーを享受している。

「あはぁ……温かい……卓也くんの、精子……いやン、いっぱい……いっぱい……ンッハア……」

「香織さん……」

これでいいのよとでも言わんばかりに、女講師はさらに卓也を抱擁した。その心音は、いっとき激しく打ち鳴ったが、やがて次第に速度と強さを弱めだした。

「はぁはぁ……」

「はぁはぁ、はぁ……」

ふたりはひとつに重なったまま、乱れた息をととのえた。

香織はやさしく、卓也の背中を何度もたたく。

言葉にできない想いを伝えるかのように、ペニスを咥(くわ)えたままの胎肉が、ムギュリと極太を締めつけた。

第二章　未亡人先生は欲求不満

1

「うん、いいですよ。スジがいいわね、鈴原さんって」

「あ、ありがとうございます」

かたわらから、覗きこむように顔をよせられ、卓也はドギマギした。鼻腔をくすぐる甘ったるいアロマにも、落ちつかないものをついつい感じる。

清楚な和風美女の名は、櫛田麻由子（くしだまゆこ）。

三十四歳だという未亡人は、艶やかな和装姿でかたわらにいる。麻由子は自ら主宰する教室で、生徒たちに書を指導していた。卓也はしばらく前から、生徒のひとりとして麻由子の手ほどきを受けている。

教室は、未亡人がひとりで暮らす一軒家の一階部分を開放して行われていた。築百年以上になるという古民家を、亡き夫とふたりで改装したという情緒あふれる日本家屋。なんと一階に、八畳の和室が一部屋、六畳の和室が二部屋、さらには四畳半の和室まである。

教室は週末の土日に開かれている。開催される日は、すべての部屋をぶち抜きにして座卓やテーブルがととのえられた。

生徒は小学生から老人まで、その年代は多岐にわたる。男女比は、小中学生に限定すればほぼ半々。だがそれ以上の年齢になると、女性の生徒のほうが圧倒的に多い。

知るかぎり、卓也と同世代の男性は見たことがなかった。

「もう一枚書いてみましょうか」

「あ、はい」

かたわらに正座をして言われ、卓也は緊張しながら返事をする。

座布団に端座をし、筆をにぎっていた。いそいで新たな半紙を用意し、手本を見ながら筆を動かそうとする。

テキストにしているのは、中国唐時代の古典の書。

かつての書道教育は師が手本を書き、それを模倣して書くスタイルが主流だった。

だが現代の書は、基本を古典に求めている。

今から千年以上も前に書かれた古典的な書の名作を手本にして学ぶことで、すぐれた技術を身につけられると考えられていた。

「夏之月皇」

今日の卓也は、この四文字をテキストに、くり返し同じ文字を書いた。

教室に通いだした頃は毎回一文字しか書かせてもらえなかったが、そのうち二文字になり、ようやく最近は、四文字をひとかたまりにして書かせてもらえるようになっている。

「そう、上手ですよ。でも、ここは――」

（わあ……）

麻由子は卓也の手もとを追ってうなずいていたが、彼の背後に移動するや、手を取って、いっしょになって半紙に筆を走らせる。

（緊張する）

着物姿の未亡人が背後からぴたりと身体を密着させた。卓也の手の甲を白魚の指で包むようにして、半紙に文字を書いていく。

同じ文字のはずなのに、麻由子の意思が加わるか否かで、命の吹きこみかたがまるで違った。

紙に生まれていく新たな文字の躍動感に、卓也はうっとりと心酔する。

「ね、分かりますか。ほら、もう一度」

「は……はい」

（わあ。わあ）

麻由子は同じ文字をくり返し半紙にしたためた。もちろん卓也に指を重ね、彼といっしょになってである。

（集中しろ、ばか）

心が乱れそうになる自分を、卓也は叱咤（しった）した。いい歳をしたおとなが、この程度のことでそわそわして、いったいどうする。

麻由子がこんな風に指導をするのはいつものこと。

卓也だけでなく、どの生徒にも同じように、いっしょになって筆を走らせ、言葉では説明しにくい微妙な部分を手本として示す方法で生徒たちを指導している。

年端もいかない子どもたちだって、麻由子にこんな形で指導をされたら、真剣な表情で目の前の文字に向かっていた。

それなのに、大のおとながぎくしゃくしていていいわけがない。というか、大のおとなの男だから、ぎくしゃくしてしまうのではあるが。

（まだまだだめだなあ、俺）

自分の情けなさにため息をつきたくなりながら、卓也は思った。料理講師の香織のおかげで少し自信がついたつもりでいたが、まだまだ修行が全然足りない。

ちなみに香織は、もうすでに街にいない。料理教室は閉鎖され、ともに料理を学んだ仲間たちとも残念ながら疎遠になっている。

引きつづき誰かに料理を学ぼうか、それとも今度は別のことを学ぶかと悩んだ末、卓也は書道教室に通うことを選んだ。

別に料理のプロになりたいわけではない。

広く浅く、いろいろなジャンルに手を出して学んだほうが、女性と話すときも話題を豊富にできるのではないかと考え、小さい頃に短期間だけ教室に通った書を学び直すことにした。

（それにしても、色っぽい人だな、この先生も）

感じる吐息のかぐわしさや、鈴を転がすような音色の声にほれぼれとしながら、卓也は思った。

楚々とした笑みで生徒たちと向きあう未亡人は、和風の美女。

きりっとした一重の両目に、すらりと通った鼻筋。これだけなら、いくぶん気位の高そうな感じを与える美貌だが、くちびるがぽってりと肉厚で官能味が感じられるせいで、高嶺の花感がやわらいでいる。

教室での正装は、つねに和装。

それにあわせ、烏の濡れ羽色をした艶髪をアップにまとめ、いつも首すじを露出している。

うなじでもやつく後れ毛にまで、官能の神が宿っている気がした。

着物姿で教室内を動く書道講師の一挙手一投足には、目にするだけで男に緊張感を強いる、なんとも艶めかしいものがあった。

着物姿しか見たことはないが、おそらく相当なスタイルの良さであろう。手も脚もスラリと長く、また相当に細身のはずだ。

すごい美人でスタイルもよく、その上、書の腕はまちがいなく名人級。

平凡を絵に描いたような、と自負する卓也からしたら、天から二物も三物も与えられた麻由子とは、まさに雲の上にいる女神並みの距離感だ。

「はい、それじゃやってみてください」

「分かりました」

（さあ、集中集中）

麻由子は卓也から離れ、かたわらに端座した。

卓也は心中で自身に発破をかける。教わったばかりの筆圧と筆の動かしかたで、手本の文字を次々と、新たな半紙に書いていった。

2

「すみません。遅くまで失礼しました」

麻由子とふたりで教室の片づけを終えた卓也は、恐縮して師にあいさつをする。

気がつけば、三時間近くも教室に長居をしてしまった。

書道教室は午後一時から夜の七時まで開かれ、その間であれば、生徒たちは好きな時間に来て好きな時間までいられる。

何時間いようとも支払う月謝は同額というシステムなので、長くいたほうがお得と言えばお得だが、そうは言っても、集中力はそうつづくものではない。

二時間も取り組めば疲労困憊するのがふつう。事実、卓也も、つねにそれぐらいで教室を辞去していた。

　ところが今日は、知らない間に時間が過ぎていた。

　指導をしてくれる麻由子の熱意に応えなければと卓也なりに奮起してのことだったが、まさかもう八時近くになっているとは思わない。

　申し訳ないことをしたと猛省し、遠慮する麻由子に願い出て、座卓やテーブル、座布団や椅子をいっしょになって片づけた。

　すべてを終えた卓也は麻由子に頭を下げ、いそいで玄関に向かおうとした。

　すると、ぐうっと腹が鳴る。

　なんて無様なと、卓也は顔が熱くなった。

「す、すみません。あはは」

　かゆくもない頭をかいた。卓也はさらに急ぎ足になろうとする。

「鈴原さん」

　そんな卓也を、うしろから麻由子が呼びとめた。

「よかったら、いっしょに食事でもどうですか」

「えっ」

　思いがけない誘いに、卓也は驚いて絶句した。

「あ……も、もちろん、このあとなにか予定があるのなら、お引き留めはできませんけど」

「いえ。いえいえいえ、予定なんてそんな」

卓也はかぶりを振って否定する。

いつぞやは、似たようなことを料理講師の香織にも聞かれ、そのときにも予定などなかったことを思いだした。

そう。予定などありはしないのだ。何だかんだ言っても、卓也の暮らしは相変わらず寂しいままである。

「そう？　これからどこかでごはんを食べるつもりなら、せっかくだから、もしよければと思って」

「えっと、あの……」

卓也は麻由子を見た。

腹を鳴らした卓也を哀れに思ってのことだろう。いっしょに片づけをしてくれたことへの、お礼の意味も含んでいたか。

「い……いいんでしょうか？」

「ええ、もちろん」

恐縮してたずねると、麻由子は白い歯をこぼしてうなずいた。上品な着物姿で内股気味になって立ち、たおやかな笑みで卓也に応える。

「重荷に感じないでくださいね。私、遅くなった生徒さんは、よく引き留めていっしょにごはんを食べたりしているの」

「そうですか」

卓也はうなずいて麻由子に応える。

もしかして、などと淡い期待を抱いてなど、まったくいない。

仲がよくなった生徒仲間の老人たちから聞いた話では、事故で夫を失って三年になるものの、どんな男が粉をかけても見向きもしないほど、いまだに麻由子は亡き夫への操(みさお)を立てているという。

そもそも自分ごときにそんなうまい話があるなどとは思わないのが、卓也のいいところ。

いや、いいところなどと開きなおっていてはいけないのかもしれないが。

「じゃあ……遠慮なく」

「ンフフ、ええ、今用意しますね。じゃあどうぞ……」

「失礼します」

しとやかな挙措で、麻由子に階上へといざなわれた。

卓也はぎくしゃくしつつも、お言葉に甘えることにする。年季の入った古い階段をギシギシと言わせながら、女主につづいて二階へと上がった。

3

（メチャメチャ、かっこいい人じゃないか）

正座をした卓也は、仏壇内の遺影を見て声をあげそうになった。

生徒たちの思い出話で、かなりすてきな男性だったことは聞いていたが、まさかこれほどまでとは思わない。

資産家の息子だったという麻由子の亡夫は、まるで芸能人かと思うほど顔立ちのととのった男性。肩幅もがっちりと広い。

（こんなすてきな旦那さんをなくしてしまって、先生、寂しいだろうな）

卓也は斜め後ろに正座をする書道講師の心中を慮り、同情を禁じ得なかった。これでは他の男になどそう簡単にはなびかないだろうと納得もする。

二階の仏間に仏壇があることに気づき、線香を上げさせてもらいたいと自ら頼んだのであった。

いくら講師と生徒の仲にすぎず、それ以上のものではないとはいえ、麻由子のプライベートスペースにお邪魔をする以上、当然のマナーだと思っていた。

「先生、ありがとうござ……えっ」

卓也は座布団から尻をずらし、正座をしたまま振りかえった。息を呑む。畳に端座した未亡人は、指で目の縁をぬぐっている。

「せ、先生」

「いやだ、私ったら。ごめんなさい」

麻由子は笑ってごまかそうとした。だが白魚の指で何度も目もとをぬぐっても、大粒の涙はあとからあとから、あふれだしてくる。

「先生……」

「気にしないで、鈴原さん。いやだわ、どうしよう」

「まだ……忘れられないのですか」

「えっ。うっ……えぐっ」

(ああ……)

懸命に強がろうとする未亡人に、甘酸っぱく胸を締めつけられた。問いかけられた麻由子は動きを止め、しばらくの間のあと、とうとう顔を覆って慟哭する。

「ごめんなさい。生徒さんの前で私ったら。えぐっ……」

「ああ、先生……」

身も世もなく泣きだしてしまった美貌の講師に、卓也はとまどった。

指の間からキラキラときらめきながら、涙があふれだしてくる。ふだん目にする姿とは別人のよう。感情をあらわにするおとなの女性の哀切な様に、もらい泣きしそうになる。

「忘れられないんです」

「先生……」

「忘れなきゃだめだって分かっているんです。主人にも夢の中で言われます。いい加減、自分のことは忘れて前を向いて生きなさいって。ひぐっ……」

（どうしよう）

麻由子はなおも泣きながら、秘めた感情をせつせつと語った。こんなとき、いったいどうしたらいいものか、卓也には皆目分からない。「は、はあ」と間抜けに返答したまま、固まってしまっている。

「忘れたいんです。私だって。えぐっ。でも……私みたいな女に、新しい男性なんてそう簡単には……」

「な、なにをおっしゃるんですか」

麻由子の意外な自己評価を耳にして、卓也はようやく反応した。

「先生、メチャメチャおきれいじゃないですか。先生さえその気になれば、いつだって新しい恋のひとつやふたつ──」

「無理です。誰も私のことなんて……うえっ」

「先生……」

両手で顔を覆い、なおもよよよと泣きつづける書道講師を、卓也は持てあました。生徒たちから聞いた話となんだか違うなと、キツネにつままれたような気持ちにもなっている。

「私だって、そんな人がいたらすぐにでも胸に飛びこみたい。主人だってそう望んでいるのですから。でも、私みたいに魅力のない女──」

「魅力的です、先生は。すごく魅力的です」

麻由子ににじり寄り、卓也は心からの思いを言葉にした。

「そんな……ひぐ……私みたいな、おばさん……」

「そんなことを言わないでください。先生はきれいです。ほんとです。きれいです」

——押したおして。

（えっ）

そのとき、頭の中で女性の声がひびいた。

（か、香織さん？）

それは料理講師の香織の声に思えた。妄想の中の香織は卓也の脳裏に姿まで現し、彼に向かってビシッと指を突きつける。

——押したおして、卓也くん。私のレッスン、思いだして。

（香織さん。えっと……）

香織にあおられ、卓也は頭をフル回転させた。

女の言葉を真に受けてはだめだと、あの日たしかに香織は言った。女の本音は言葉とは裏腹なところにあることも、教えてもらった。つまり女性との会話においては、理屈ではなく感じること、ムードを大事にしなければならない。

そして、もしもそうだとしたら……。

（——っ。もしかして……俺、誘われてる？）

思ってもみなかった仮説。

鈍器で頭を殴られたような心地になった。だがそのことに気づくと、川が流れるような心境になるのもまぎれもない事実である。

(そうなのか？　いやいや、まさか。でも、どう考えても……)

泣きむせぶ未亡人を前に、卓也はパニックになった。

だが妄想の中の香織は、まなじりをつり上げ、もう一度卓也を指さす。

——押したおしなさい。自分の勘を信じるのよ、卓也くん。女の本音は、出てくる言葉のすぐ横にあるから。

(で、でも)

——押したおせ！　突撃‼

「ああ、先生」

「きゃあ」

卓也は香織にあおられ、麻由子に抱きついた。和装の未亡人は驚いたような悲鳴をあげ、目を見ひらいて卓也を見る。

「な、なにをするんですか」

(もしかして、やっぱり勘違い？)

心外そうに声をあげる女講師に、卓也はうろたえた。やはり麻由子はこんな展開になることなど、期待どころか予想もしていなかったのではあるまいか。

「鈴原さん」

「すみません！」

卓也はすぐさま万歳の態勢をとり、麻由子から後ずさろうとした。

――ひるむな、卓也！

そんな卓也を叱責したのは、脳内で地団駄を踏む香織である。

(でも、香織さん)

卓也はオロオロする。

――たわけもの！

(たわけものって)

――私を見たでしょ。女は、言っていることと本音が違うの。だまされちゃだめ。

(でも、でも)

――行きなさい！

「麻由子先生」

「きゃああ。鈴原さ……んむぅンン……？」

卓也は着物の未亡人を畳に押したおした。あばれる熟女に覆いかぶさり、強引に肉厚の朱唇をうばう。麻由子のくちびるはやわらかかった。しかも切迫した吐息には、得も言われぬ甘さが混じっている。

「むんぅ、鈴原、さん……やめて、ください……むんぅ……」

「すみません、先生。んっんっ……」

卓也は右へ左へと顔を振り、チュッチュと未亡人に口づけた。麻由子はいやがって顔をそむける。卓也は強引にその顔を追い、逃げる朱唇に口を重ねる。

「や、やめて……大声出しますよ！」

「えっ」

卓也はギクッとした。なじるような書道講師の声には、これまで一度として聞いたことのなかった怒気がにじんでいる。

(やっぱり、まずいかも)

卓也はたちまち浮き足立つ。

香織、香織と、香織のせいにしているが、本当は自分のスケベ心が原因かもしれなかった。麻由子の教室兼自宅は郊外ののどかな場所にあるとはいえ、あたりにはふつうに人が暮らしている。

悲鳴などあげられたら、すぐさま隣近所から人が集まってくるだろう。

「ごめんなさい」

やはり勘違いの可能性が高い気がした。

三十六計逃げるにしかずではないが、ここはいさぎよく白旗を揚げたほうがよいように思える。

「せ、せめて」

両手を挙げ、全面降伏で麻由子から離れようとした。すると未亡人はあわてた様子で、卓也に言葉を投げかける。

「せめて……明かりを消してください」

「――っ。先生」

「お願い。お願いです。そこに、主人が……」

(うわあ……)

信じられない気持ちになった。いきなり背中に羽が生え、その気になれば宙にさえ舞いあがっていけそうな気持ちになる。

――フフン。

(香織さん)

脳内の香織は得意げだ。

腕組みをし、それ見たことかとあごをあげ、ジト目でこちらを見つめて笑った。

4

「ハアァン、鈴原さん。いけないわ、いけないわ。あっあっ、むふう、むふう……」

「はぁはぁ……先生……んっんっ……」

……ちゅっちゅ。ちゅぱ。ヂュチュ。

仏間の明かりを消し、すでにあたりは真っ暗にしている。許しを得たと確信した卓也はあらためて和装の美女に覆いかぶさり、狂おしく口を吸いながら、着物の帯をほどこうとした。

「やめて、脱がさないで……ああ、そこに主人が……やめてください、鈴原さん、いや、だめえ……」

「先生……」

閉じたカーテン越しに、青白い月明かりが射しこんでいる。

麻由子は必死にいやがりつつも、その行動は言葉とはどこまでも裏腹。やめて、いやいやと鼻にかかった声で言いつつ、卓也を助けるかのように、自ら帯に手をかけて、脱がせやすいようにする。

闇の中に見える双眸（そうぼう）は、月の光を受けて妖（あや）しくぬめり光っていた。

あくまでも卓也に狼藉（ろうぜき）を働かれる、無力な未亡人の立ち位置は堅持したいらしいものの、その実やる気満々らしいことは、ここまでの流れが証明している。

「きれいです、麻由子先生。俺、じつは先生のこと、いつもきれいだなって思いながら習っていました……」

卓也は香織から教えられたとおり、組みしいた美女を責めていく。

ただし決して、心にもないことではなかった。この人を見たならば、男なら誰もが同じように思うだろう。

「ああ、やめて、そんなこと言わないで、いやン、脱がさないで。だめだめ、ひゃン、ハアァ……」

(脱がさないでって。帯をほどいたのは先生でしょうが)

着物を締めあげていた帯が解放されたため、卓也は未亡人の着物を左右にはだけようとした。

すると麻由子は、さらに激しく暴れて卓也をこばもうとする。しかしそれもまちがいなく演技であることを、すでに卓也は知ってしまっている。

「み、見せてください。先生のきれいな裸……じつを言うと、俺……いつも先生のきれいな裸を想像して……はぁはぁ……」

「ああ、いやン、あああ……」

基本に忠実に、女をいい気持ちにさせる言葉を恥ずかしげもなく口にする。着物を左右にはだけさせ、襦袢(じゅばん)も解放させる。

露わになったのは和装のブラジャーと、純白の欧風パンティに包まれたスレンダーな肢体。闇の重さを跳ね返すかのような美肌は、まぶしいほどの白さを青白い月明かりの中でも誇らしげに見せつける。

「おおお……」

「ンッハァァ」

卓也は鼻息を荒くした。

いやがる未亡人に有無を言わせず、胸から和装の下着をむしり取れば、ブルンと艶めかしくはずみながら、ほどよい大きさの美乳が露出する。

「いやあ、だめ、脱がさないで。ハアァン……」

「おお、先生。すごい」

香織は中途半端に着物を身体に絡みつけたままだ。

だがその姿は、もはやほとんど全裸も同然。残っているのは、吸いつくように股間を覆う小さな三角の下着だけである。

「先生、すごいです。ああ、麻由子先生のおっぱい……」

「アッハァァ……」

卓也は両手で、未亡人の乳を鷲づかみにした。

伏せたお椀を思わせる美乳は、Dカップ、八十五センチあるかないか。まん丸にふくらむ乳房の先には鳶色をした乳輪と、やや長めに思える乳首がある。

十本の指につかめば、乳は苦もなくふにゅりとひしゃげた。とろけるような感触に恍惚となりつつ、卓也は鼻息を荒くして豊乳を揉みしだく。

……もにゅもにゅ、もにゅ。

「アハァン、あっあっ、揉まないで……揉んじゃいや……そこに主人が……」

感じていることはまちがいなかった。乳を揉むたび書道講師は、耐えかねたように艶めかしくのたうつ。あえぐ声はガチンコの音色。乳首はビンビンに勃起して、長めの卑猥な形を惜しげもなく披露する。

(もしかして、ダンナさんのそばで犯されるシチュエーチョンに興奮するのかな)

卓也はふとその可能性に気づいた。

試してみるかと、勇気を出す。

「先生。つ、罪な人ですね。こんなにきれいなのに、ご主人のすぐそばで他の男に、いやらしいことをされて。全部ご主人に見られていますよ」

「ヒイィ」

すると卓也の言葉の責めに、麻由子は想像していた以上の反応を示した。

「そんなことを言わないで。放して。ああ、あなた、どうしよう、見ないで。こんな私を……こんなわた――」

「ああ、先生」

……れろん。

「うあああぁ」

(すごい声)

熟女講師の反応に気を良くした卓也は、長めの乳首をひと舐めした。

どうやらかなりの感度らしい。

麻由子はビクンと痙攣し、とり乱した声をあげる。

「いやらしい人ですね。はぁはぁ……こうですか。こうすると、感じるんですか」

……ねろん、れろん。

「あああ。なにを言うの。感じてなんていません。ああ、もっと」

「えっ？」

「違います。なんでもないわ。なんでもない」

(もっとって言ったよな)

「ああ、先生。ほら、こっちの乳首も」

……ねろねろ、ねろん。

「うあああ。やめて。舐めないで。穢さないで。夫の前でこんなことしないで」

(先生。すごく感じてる。もっと舐めてやろう)

……ピチャピチャ、ねろねろねろねろ。

「あああ。ああああああ」

「はぁはぁ。先生……」

ぴょこりと乳の先から飛びだした長めの乳首は、やはり相当に敏感だ。

右の乳から左の乳。今度は右へ、また左へと、舐める乳首をしつこく変えて、左右どちらの乳芽もおのれの唾液でベチョベチョにする。

乳首に舌を擦りつけるたび、麻由子は感電したように痙攣し、「アハァ。ヒャア」とたおやかな彼女とは別人のような、半狂乱気味の淫声をはじけさせる。

「やめてください、鈴原さん。お願い、もうこれ以上は……これ以上は！」

（えっ、先生）

気づけば麻由子は畳をずり、次第に仏壇に近づいていた。いかにも卓也の責めにたえきれず、ごく自然な形でそちらに逃げているように思えるが、決して偶然などではあるまい。

（だんなのすぐ近くで犯されたいってことなのかな）

「うああ。うああああ。舐めないで。いやいや、いやあ」

「はぁはぁ。先生……」

なおも息を荒げてふたつの乳勃起を舌で責めつつ、卓也は頭を回転させた。とにかく頭を使いなさいとは、香織から授けられた無言の教えだ。

そして卓也は、この未亡人をふたり目の教師にして今日も教えられている。女には誰しも、興奮するパターンがあるようだ。

「さ、さあ。挿れますよ、先生。ご主人の前で」

大急ぎで着ているものを脱ぎ、卓也は全裸になった。股間からは、淫靡な力に満ちたどす黒い猛りが天を向いて反りかえる。

「アァン……」

まだなお着物をまつわりつかせる熟女の股間から、パンティをずるりと脱がした。

（おお……）

闇の中でも卓也の目は、たしかに未亡人の股間の眺めを確認する。

清楚な美貌やはかなげな雰囲気を思うなら、意外としか言いようのない多めの陰毛がヴィーナスの丘を彩っていた。

ごわごわと縮れた黒い毛が生えしげるその様は、しとやかな美貌とのギャップも相まって、かなりいやらしい。

（しかも、すごくヌチョヌチョ）

見れば恥毛の下にあるワレメは、闇の中でも淫靡なぬめりを放っていた。

蓮（はす）の花の形に開いた淫華はとっくの昔に発情していたようだ。たっぷりの蜜をあふれかえらせ、あえぐようにひくついている。肉厚のラビアが蝶の羽のように開閉し、泡立つ汁を蜜穴から分泌する。

……ブチュッ。ブチュブチュ。

「先生……」

「ンッハアァ。あン、いやン……」

恥裂から指ですくってみたならば、牝シロップは蜂蜜さながらの濃厚さ。味見をすべく指をしゃぶれば、得も言われぬ甘みと粘りをアピールする。

「さ、さあ、挿れますよ」

女体の準備は万端だと確信できた。卓也はふたたび同じことを宣言する。ところが麻由子の反応は意外なものだった。

「ま、まだだめ……」

恥ずかしそうに、そっと小声でおのれの意思を訴える。

「えっ」

「もっといじめて」

「――っ。先生……」

夫に聞かれまいとするかのように、ささやき声で麻由子はねだった。

これも闇の中だからか。姿がよく見えないのをいいことに、書道講師は彼女にもあるまじき大胆さを披露する。そして「いじめて」という言葉に、卓也はこの美しい人が内に秘めていたはしたない性癖を見る思いがした。

5

「もっといじめて。私のこと、いけない妻だって、もっとつらくさせて」

「先生」

「ぶってもいいです。たたいてもいいですから」

「そんな」

「お願い、もっとひどい男になって、鈴原さん。もっとひどいことして。ねえ、もっともっと」

（どうしよう）

いきなりそんなことを言われても、「へい。お安いご用で」などと二つ返事で応じられるものではない。誉めたり辱めたりという程度のことならすでに学んでいるものの、いじめるだとか、たたくだとかは正直手にあまる。

（えっ）

すると、闇の中でいきなり麻由子は卓也の片手をとった。

――パアァァン！

「きゃあああ」

「えっ、ええっ？」

なにをするのかと思えば、未亡人は自らの意思で卓也の手を動かす。彼の平手を、おのが頬に打ちすえて叫ぶ。

「先生。だいじょう――」

「たたいているのは鈴原さんでしょ」

「え。いやいやいや」

卓也はブルブルとかぶりを振り、全力で否定する。しかし麻由子も必死である。

「お願い、ひどいことを言って。鈴原さん」

「先生。あっ」

「きゃあああ。許して。許して」

「ああ……」

二度、三度と、麻由子は卓也の平手を自分の頬に張った。

先ほどまで、彼の手の甲に重ねて書の強弱と筆致を教えていた白魚の指が、今は自らの意思で、卓也を使って自分の頬をたたいている。

これまた強弱と、たたく筆致を教えるかのようにして。

(どうしよう。ていうか……)

麻由子に導かれて頬を張るたび、罪悪感を媒介にして指と手のひらが熱さを持つ。

こんなこと、なにがあろうとしていいわけがない。だが麻由子は、そんないけない行為を熱烈に所望していた。

そして卓也は、生まれてはじめて女をたたくという行為をつづける内に、ムラムラと——そう、ムラムラと、感じたことのない野性が肉体の中で覚醒しはじめたことにハッと気づく。

(なんだこれ。なんだ、なんだ)

「鈴原さん、お願い、つづけて」

またも涙声になって未亡人は哀訴した。そんな美熟女のせつない様にも、卓也はこれまで感じたことのなかった欲望をおぼえる。

「ま、麻由子先生」

「女に恥を欠かせないで。ねえ、私、恥を忍んで、今夜はあなたに——」

「先生、行きますよ!」

「うあああああ」

突きあげられるような昂ぶりに全身を支配された。気づけば卓也は未亡人の美脚を二本ともすくいあげ、スレンダーな肢体を二つ折りにする。

「いやあ、なにをするんですか」

天に向かって尻を突きあげさせる恥辱のポーズ。開かせた太腿の間から、驚く麻由子の美貌が見える。

楚々とした小顔の左右に、ふくらはぎが並んでいた。セックスの場で女性にこんな体位を強いたことなど一度もない。

だが卓也は確信していた。

なにをするんですかと抗議の言葉を吐きながらも、やはりこの人は「そうよ、これがいいの。もっともっと」と訴えている。

「なにをするんですかって、ご主人の前でこんなことをされたいんですよね」

「うあああああ」

卓也は暴れる女体を押さえつけ、未亡人の媚肉にふるいついた。突きだした舌で陰裂のぬめりを舐めしゃぶり、クリ豆を、膣穴を、れろれろと舌で責める。

……ピチャピチャ。ねろねろ、ねろん。

「あっああ。やめてください。ひどいことしないで。あっあっ、ここに主人が……主人が。あっあっあっ」

「はぁはぁ……先生、いやらしい。そんなことを言いながら、舐めれば舐めるほど、いやらしい汁がオマ×コの穴からあふれだしてきますよ。そ、そらそら」

卓也はさらにクンニリングスをする。

……ねろねろ。ピチャピチャ、ねろ。

「きゃああ。そんな。そんな、そんな。うあああぁ」

——ブシュシュ！

「ぷはっ」

（冗談だろう）

卓也は仰天した。

責めはじめたばかりの膣穴から、お返しのように吹きだしたのは潮らしい。水鉄砲の勢いでしぶいた潮に顔面を急襲され、咳きこみながら顔をぬぐう。

「先生。なんですか、潮なんか吹いて。やっぱり感じてるんじゃないですか」

怒られるのではないかとまだなお一抹の不安はあるものの、卓也はこのシチュエーションプレイにおいて、血も涙もない犯し屋の役割をまっとうしようとした。

そんな柄ではまったくなく、誰かに見られたら赤面もの。だが、求められているのだからやるしかない。

「ち、違う。私、潮なんか——」

「吹いているじゃありませんか」

「ああああぁ」

恥じらってあらがう未亡人に有無を言わせなかった。暴れる肢体をなおも拘束し、さらに怒濤（どとう）の勢いで、ひくつく秘孔をねろねろ、れろれろとしつこく激しく舐めしゃぶる。

「ああ、やめて、やめてやめて。舐めないで。ああ、あなた見ないで。こんな私を……いや、いやいやいやあ。あああああ」

――ブシュブシュ！　ブシュシュ！

「ぷはあ。くぅ、いやらしい。んっんっ……」

「うああ。どうしよう。感じちゃう。違う、感じてない。感じてなあああああ」

「はぁはぁ。はぁはぁはぁはぁ」

身体を二つ折りにされた書道講師は、もはや気でもふれたかのよう。

長い美脚をたえまなくばたつかせては、我を忘れたように悲鳴をあげる。息を荒くしてクリ豆をはじき、膣穴をグリグリと舌でこじれば、感度を上げた牝穴は「いいの、いいの、それいいの」と感極まる。随喜の涙を流すかのように、さらにブシュブシュ、ブシュブシュと卑猥な水鉄砲を乱発する。

「ぷはあ、いやらしい。ダンナの前で他の男にオマ×コを舐められて。先生ってば、こんなに潮を吹いて」

「違う。吹いてない。感じてない、感じてなああ。ダメダメ。見ないで。あああっ」

……ビクン、ビクン、ビクン。

「おおお……」

「ああン……」

ついに未亡人は本格的なアクメに達した。鎖骨さえ畳から浮きあがらせ、ビビンと両脚を伸ばしてつま先を天に向ける。

日頃しとやかで慎ましやかな女性がするとは思えない、アクロバティックで大胆なポーズ。卓也は呆気にとられ、後ずさって未亡人に見入る。

「あう。あう。あう。あはぁ……」

首倒立のような姿で、ひとしきり麻由子は痙攣した。

と、ブレーカーが落ちでもしたかのように、突然ぐったりと脚を投げだし、丸まって畳に横臥する。

「はぁはぁ。はぁはぁはぁ」

「すごい、先生……」

「うぅ。うぅぅ。見ないで。いやあ……」

――ブシュッ！　ブシュブシュ！　ブシュ！

「おお、エロい」

「いやあ。いやあ。はうう……」

畳に脚を落としても、まだなお麻由子は痙攣をつづけた。

身体に力みが入るのだろう。のたうつ美熟女の恥裂から、淫靡な音を立ててなおも潮が吹きだしてくる。

卓也は恍惚と、そのいやらしい姿に見とれた。麻由子はいやいやとかぶりを振り、本気で恥じらいはするものの、淫らな身体は別物らしい。軽やかに持ち主を裏切り、さらにピューピューと、派手に潮を飛びちらせた。

6

「はぁはぁ……はぁはぁ……」

「さ、さあ、麻由子先生」

「アァン……」

ひとしきり潮を吹きまくった、その後だ。

いよいよ機は熟したとばかりに、卓也は熟女を四つん這いにさせる。麻由子には、まだなお乱れた着物がまつわりついていた。だが、全裸にするよりこのほうが、艶めかしい感じがしていいと思い、卓也はそのままにした。

片方の肩がずれた着物から剝きだしになっている。えぐれるようにくびれた腰のあたりも、青白い闇に露出していた。尻から下は完全に丸だしだ。長い美脚を大胆に開き、麻由子は卓也を待っている。

「そら、今度こそいきますよ」

獣の体位にさせた未亡人の背後で、卓也は位置をととのえた。

ペニスはもうビンビンもいいところ。腹の肉と亀頭が密着しそうになるほど、硬く張りつめていきり勃っている。肉棒を手に取った。角度を変え、肥大した亀頭を麻由子の女陰に、クチュッと音を立てて押し当てる。

「ハアァ、鈴原さ――」

「おお、麻由子先生。くうぅ……」

――ヌプッ！

「うあああ」

「くっ。狭い……」

麻由子の尻を両手でつかみ、腰を突きだした。すると亀頭はスムーズに、にゅるりとワレメの中に飛びこむ。亀頭を出むかえたのは、温かで狭隘な胎肉の凹凸。飛びこんできた鈴口を歓迎するかのように、いやらしく波打ってペニスを揉みつぶす。

「ぬうぅ、先生。くっ」

――ヌプヌプッ！

「あああ、す、鈴原さ――」

――ヌプヌプヌプッ！

「あっああああっ」

「んおお……」

先っぽを挿入しただけで鳥肌が立った。口の中いっぱいに唾液が湧く。卓也は奥歯を噛みしめ、さらに強く麻由子の尻をつかんだ。やせ我慢をして最奥まで極太でつらぬけば、未亡人は天を仰ぎ、ケダモノそのものの声をあげる。

(す、すごいヌルヌル)

とうとう肉棒を根もとまで膣に挿入した。熟女の胎路はたっぷりな愛蜜と狭隘な感触で、卓也の怒張をあだっぽく締めつける。そこだけが別の意思を持つ生物ででもあるかのように、ウネウネと波打っては男根をもみくちゃにする。

「ああ、先生」

このままでは暴発してしまいそうだった。卓也はあわてて、カクカクと腰をしゃくりはじめる。

……バツン、バツン。

「あああああ。ああ、困る。こんな、こんな……ああああああ」

「はぁはぁ、先生、気持ちいいです」

「ハアァン、鈴原さん。うああ。うあああああ」

いよいよピストンを開始した。未亡人はまさに狂乱の態。前へ後ろへとスレンダーな肢体を揺さぶられ、たがはずれたかのように小顔を振る。

そのせいで、アップにまとめていた髪がほどけた。くるくると黒い髪がとけ、麻由子が顔を振るたびに、いっしょになって乱れて波打つ。

――グチョグチョグチョ！　ヌチョヌチョヌチョ！

「うっあああ。ハアァン」

(本当に気持ちいい。これはたまらない)

マッチョな責め師を気取りながらも、その実、卓也はやせ我慢の連続だ。

肉傘を擦りつける牝ヒダはとろけるような快さ。

窮屈な筒の中でむりやりペニスを動かせば、牝肉の凹凸とカリ首が擦れあい、腰の抜けそうな気持ちよさがひらめく。

その感触だけでも、とても長くは持ちそうにない極上な一品。

しかも、そんな膣の持ち主は、男心をうっとりとさせるガチンコなあえぎでさらに卓也をいい気持ちにさせる。

「あっあっ、ああ、どうしよう。あ、あなた、見ないで。こんな私を……こんな私を。うああ。うあああああ」

「ほ、ほら、もっとよく見せてやりましょうよ」

「えっ。きゃああ。いや。いやいやいや。ああ、あなた。あなた。おおおおお」

そうしてほしいのではないかと忖度してのことだった。卓也は仏壇の真ん前まで移動し、這いつくばる未亡人の眼前に仏壇が来るようにした。

「いやあ、お願い、これだけは――」

「そらそら。そらそらそら」

――パンパンパン！　パンパンパンパンパン！

「あああああ」

その上で怒濤の突きをお見舞いすれば、清楚な書道講師は、もはや悶絶もの。

たおやかな笑みと着物の下に隠していた淫乱さを、もはやこれまでとばかりに卓也にさらす。

「あああああ。ああ、だめ。どうしよう。こんなことをされたら。こんなことをされたら。うああ。うあああああ」

「おお、先生……」

「か、感じちゃう。感じちゃうの。ねえ、もっと突いて。突いて突いて。ああ、そうよ。そうなの。あああ。ああああああ」

「くぅ、エロい」

猛る亀頭は今宵もまた、熟女のポルチオをこれでもかとばかりに責め立てた。

「ヒイイ。アッヒイィ」

麻由子にはもはや理性などない。彼女とも思えない引きつった声をあげ、爪でガリガリと畳をかきむしる。釣り鐘のように伸びた乳がグルン、グルンと円を描き、長い乳首で不規則な線を虚空にジグザグと描く。

「ごめんなさい。ごめんなさい。あっあああ」

未亡人がさかんに気にするのは、目の前で微笑む夫の遺影だ。亡き夫の前で背徳的な行為にふける快感に、身も世もなく溺れている。

「ああ、気持ちいい。これ気持ちいい。あなた見ないで。私感じちゃってる。あなたの前なのに感じちゃってる。ごめんね。ごめんね。あああああ」

「先生……」

「いやあ。感じちゃうの。許して。許して。うあああ」

麻由子の全身から、汗がぶわりと吹きだした。甘ったるい汗の香りが、温かな風に乗って卓也の鼻腔をくすぐる。髪がべったりと背中に貼りつき、さらに黒々と艶光りした。髪は未亡人の額や頬にも同じように貼りついて乱れる。

着物は今にも、細い身体からすべり落ちそうになっていた。そんな姿で犯される未亡人は、被虐の美を感じさせる。

火照った美肌を汗の粒が流れた。

あんぐりと開いた口からは涎をしたたらせている。卓也はいい気分だった。俺だってやればできると全能感を覚える。

「うああ、あああああ。気持ちいい。奥いいの。奥。奥、奥、奥、おぐぅぅ。ああ、もうだめ。イッちゃう。あなた、私イッちゃうの」

「ぬう。ぬううっ」

——バツン、バツン！　パンパンパンパン！

「あっあああ。あああああ」

卓也の股間とまん丸なヒップがぶつかるたび、湿りを帯びた生々しい音がはじけた。

卓也はくちびるを嚙み、鼻息を荒くしてラストスパートのピストンをくり返す。

（ああ、もうイク！）

「うああ。あああああ。イグッ。イグイグイグッ。イッグウゥ！」

「先生、出ます……」

「あっあああっ。おおおおおおっ‼」

――びゅるるっ、どぴどぴっ！　どぴゅどぴゅどぴゅ！

（あああ……）

ついに卓也は絶頂に達した。

渾身（こんしん）の力で最後のひと突きをくり出すや、熟女はもはや限界とばかりに、目の前の畳にくずおれる。卓也はそんな未亡人の後を追うように、性器でつながったまま汗みずくの背中にかさなった。

……ドクン、ドクン。

（気持ちいい）

「あう。あう。あうう」

脳髄の芯まであやしくとろけさせながら、卓也は射精の悦びに耽溺（たんでき）する。陰茎を脈打たせ、膣奥深くにザーメンをたたきつけるたび、とんでもない快感が、ペニスだけでなく身体いっぱいにはじけて染みわたる。

「あう……すご、かった……鈴原さん……ハアァン……」

「麻由子先生……」

卓也の下では未亡人が、ビクン、ビクンと汗まみれの身体をふるわせている。彼女もまた、相当な高みにまで達したかに見えた。

本当はすぐにでも謝りたい心境だ。

いくらプレイとはいえ、こんなことをしてしまってよかったのかと、理性を取りもどしながら卓也は複雑な気持ちになる。

だが「たたいてもいい」と言われながら、たたくことだけはしなかったことで良しとしようと卓也は思った。

ところが——。

「はうう……たたいても……よかったのに……お尻とか……」

「——っ。先生……」

そんな卓也の心中などお見通しとばかりに、なおも痙攣しながら、甘い声で麻由子は言った。

その顔は、色っぽく火照って朱色に染まっている。ねっとりと潤んだ瞳が柔和に細まった。清楚さを取りもどした美貌には、満足そうな微笑がある。

「でも……気持ちよかった……ありがとう、鈴原さん。お腹、空いたでしょ」

「いえ、そんな。あ……」

気づかってくれる書道講師に、卓也は大丈夫だと言おうとした。だが彼の腹は、ようやく俺の出番だとばかりに、グルル、ギュルルとこれ見よがしに鳴ってみせる。

「ンフフ」

「す、すみません」

「いいのよ。今、用意するわね。でも……もう少しだけこうしていていい？」

「あ、はい……」

卓也が答えると、麻由子はうっとりとした様子でまぶたを閉じ、卓也の指に白魚の指をからめた。

ふたりはしばらくの間、息をととのえあいながら、アクメの余韻に浸りつづけた。

第三章　美女コーチのエロ水着

1

「そう。いいですよ、鈴原さん。脚の振り幅、小さくね。その調子」

「はい、ぷはっ。はぁはぁ……」

「ちょっとストップぅ」

「ぷっはぁ……」

卓也は泳ぎを止め、プールに立つ。

スイミングゴーグルをあげ、両手で顔をぬぐった。

ずいぶん体力がついてきてはいた。だが運動不足は、やはり深刻だ。おとろえを痛感しつつ、乱れた息をととのえる。

「いいわよ、だいぶよくなってきた」

そんな卓也に白い歯をこぼすのは、スイミングインストラクターの蓮倉奈々(はすくらなな)。スイムキャップをかぶり、鍛えられた身体をスポーティな競泳水着に包んでいる。

中性的な魅力――もっと言うなら、ボーイッシュでみずみずしい雰囲気をたたえているのは、ショートカットの髪型のせいばかりではない。

「ね。今のほうが身体が前に進みやすくない?」

「そ、そうですね」

卓也は顔をぬぐいつつ、奈々にうなずく。

ようやく慣れてはきたものの、ハイレグの水着姿の奈々は、アスリートならではの肉体美とまぶしいオーラを放っていた。

二十六歳の独身女性。国体出場経験もある美貌のインストラクターは、有名な体育大学の出身でもある。

年齢は卓也より下なのに、臆することなくタメ口で話をしてくる。

どれほど年齢が上であろうと、生徒なら誰に対しても基本的に同じ。それがこのインストラクターの持ち味になっている。しかも、そんな堂々とした態度がかえってかっこいいと、生徒たちにはひそかに評判でもあった。

卓也の見たところによれば、奈々のかっこよさに寄与しているのが、神が与えた美貌とほれぼれするような肉体美であることは、もちろん言うまでもない。

スイムキャップをとれば、そこには明るい栗色の髪がある。

すらりと鼻筋が高く、両目がややつり上がっている。

クールさを感じさせる顔立ちは、この目の魅力によるところが大きい。見つめていると吸いこまれてしまいそうな両目は、いつも色っぽい潤みを帯びていた。

そしてなにしろスイマーなので、引き締まったボディの美しさは神々しいほどだ。だが決して、がっしりしすぎているわけでもない。

奈々の場合は引き締まったボディに、女性らしい柔和さも感じられるのがたまらないと、卓也は思っていた。

特に、むちむちと健康的な太腿のボリュームは、ほどよく太く、ほどよくプルプルで、なんとも言えないエロスを感じさせる。年齢は二十六歳だが、二十歳（はたち）だと言われても信じてしまいそうな溌剌（はつらつ）さがある。

「何度も言うけど、クロールって小さいキックがコツなの。振り幅の小さいキック。力任せに蹴っちゃだめ。振り幅を小さくすることで身体が浮きやすくなるし、スーッて前に進みやすくなるの。ほら、じゃあバタ足だけもう一回」

「あ……はい」

卓也は緊張した。

奈々が卓也の手を取り、後方に進みはじめる。

（ええい）

ふたたび泳ぎの態勢に入った。奈々に手を引かれつつ、本日集中的に教えられているバタ足の動きをよりしっかりしたものにしようと、必死に両脚を動かして、水の中を前に進む。

「そうよ、その調子。うまくなってきた、鈴原さん」

「は、はい。はぁはぁ……ぷはぁ……」

奈々は卓也の両手をとって後ろ向きのままプールを移動する。

卓也は奈々の細い指の感触にドギマギしながら、とにもかくにも教えられたとおり脚を動かし、水しぶきを上げる。

フレッシュなスポーツ美女の前で、年齢とともに体重が増えはじめた身体をさらすのは気が引けた。だが、そもそも水泳教室なのだからして、そんなことは言っていられない。

奈々がインストラクターのひとりとして指導するスイミングスクールは、卓也のアパートから車で四十分ほどの距離にあった。

子どもから大人まで、あるいは初心者から上級者まで、いろいろな生徒が集まってくる界隈で人気のスクール。

卓也は月に二度ほど、おとなの初心者向けコースに通うようになっていた。

料理教室がなくなり、書道とほぼ同時に始めた三つめの習い事。たるんできた身体をなんとかすることも必要だよなと一念発起し、顔を出すようになったのがこのスクールだ。

休日のプールには、卓也以外にも十名ほどの生徒たちがいた。

広々とした快適なプールのあちこちで、自主練に励んだり、インストラクターの指導を受けたりしている。

(真剣に水泳をやるなんて、中学生以来だな)

バタ足を続けながら、卓也はぼんやりとそんなことを思った。

高校時代にも水泳の授業はあったが、ダラダラとしかたなくやっていたことを思いだす。男子校だったことも大きいだろう。

だが中学時代は、水泳の授業は男女合同。つまり、水着姿の女の子がすぐそばにいた。スクール水着姿の美少女に心ときめかせたのも、今となってはいい思い出だ。

（って、なにを考えているんだ。ほら、集中、しゅ――）

「わわっ」

「えっ……鈴原さん？」

「わわっ、わわわっ」

「きゃっ」

神聖な水中で不埒（ふらち）なことを思っていたせいで、水泳の神のお叱りを受けたか。片脚がつった。思いがけない痛みとともにいきなり脚が動かなくなり、つま先がビビンと前を向く。

（まずい）

「ぷはあっ。げほっ」

「だ、大丈夫ですか、鈴原さん」

パニックになり、大きく開けた口に思いきり水を飲みこんだ。

こうなると、さらに心は浮き足立つ。脚の痛みと恐慌状態で理性が働かなくなり、さらに顔面に水の直撃を受ける。

「ごぼごぼごぼごぼ」

「きゃあ。ちょっと、鈴原さん」

懸命に四肢をばたつかせるも、身体が言うことを聞かない。

重たい泥でもかき回しているような気持ちになりながらもがくも、気づけば身体が水の中に沈んでいく。

（まずい。まずいまずいまずいまずい）

「鈴原さん、おちついて」

水を通し、奈々が叫んでいる声がくぐもって聞こえた。

いや、声ばかりでなく本人の感触もおぼえている。暴れる卓也に急いで近づき、抱き上げようとしてくれている。

（助けて、先生）

なおも泡を吐きながら、卓也は美貌のインストラクターにしがみつこうとした。

その様は、まさに溺れる者は藁をもつかむ。

手に触れたものを放すものかと全力でにぎりながら、なおもパニックになって脚をばたつかせる。

（死ぬ。死ぬ、死ぬ、死ぬ）

「落ちついて。大丈夫、大丈夫」

「ぷはあ」

さすがは水のプロ、ということだろうか。奈々は冷静に卓也を抱えあげ、彼の顔を水中から露出させた。

卓也は天を仰ぎ、空気を求めて口を開ける。息を吸うとはどういう風にするのだったかと、まだなお錯乱気味の頭で思いつつ、とにもかくにも息を吸い、助かったことを実感する。

「はぁはぁ。はぁはぁはぁ」

「大丈夫、鈴原さん？」

奈々の声が至近距離からとどいた。

気づけば卓也は美人インストラクターに抱きすくめられ、身体を密着させている。

「あ……す、すみません。助かりました」

ようやく少しずつ、冷静さを取りもどしていく。気づけばつっていた脚も元通りになり、二本の脚でプールの底を踏みしめている。

「よかった。あわてなくても大丈夫。私がついているでしょ」

（わあ……）

見ればすぐ近くに奈々の笑顔があった。

ふつうにしているとクールさや高貴さを感じさせる神々しさなのに、笑顔になると一転して、あどけない愛らしさが満面に広がる。

いつも、すてきだなと思っていた笑みを間近で見せつけられ、こんな状況だというのに、卓也はついうっとりしてしまう。

「あ、ありがとうございました」

ばかみたいにとり乱していた自分に気づき、恥ずかしさをおぼえた。

一気に顔が熱くなるのを感じながら、なおも身体を離さないインストラクターに礼を言う。

「ンフフ、平気平気。じゃあ……放してもらえる？」

「えっ……あっ！」

愛くるしい笑顔のまま、奈々は卓也に言った。

はじめて卓也は気づく。

奈々が離れないのは、卓也が抱きしめたまま解放しなかったから。しかもそれどころか、なんと卓也の片手は、水着姿の美女の胸を鷲づかみにしている。

「――っ！　す、すみません」

卓也は仰天し、奈々から手を放した。

神に誓って、よこしまな気持ちなど微塵もない。その意思を訴えるべく、両手を万歳のかっこうにして水中を後ずさる。

「いいからいいから。気にしないで。びっくりしたわよね。フフッ」

幸運にも、と言ってよいだろう。奈々は気にすることなく、笑顔のまま卓也を気づかった。異変に気づいた他のインストラクターたちが、あちこちからふたりに近づいてきている。

彼ら彼女らに、奈々は余裕の笑みとともにアイコンタクトで返事をした。するとみなうなずいて、それぞれの持ち場に戻っていく。

「鈴原さん、ちょっと休憩にしましょう。無理はよくないから」

「は、はい」

「あがって休んで」

「すみませんでした」

「ううん、平気平気」

卓也は恐縮し、うなだれたままプールを移動した。

振りかえると、奈々はまだなお心配そうにしていたが、卓也と目が合うや微笑んでうなずく。

（まいったなあ）

生徒たちみんなの視線を痛いほど感じた。大の男が足をつり、無様に溺れかけたのだから、笑われても文句は言えない。

(それにしても)

身の縮む思いでプールからあがる。

なおも頬がひりついた。身体が火照るのは、満場の視線を一身に浴びてしまった恥ずかしさだけが理由ではない。

(やわらかかった……)

誰にも内緒で、こっそりとそんなことを思った。意識をそこに向ければ、ついさっきまで奈々の乳房をつかんでいた指がさらに熱を持つ。

スイムウェアの生地越しではあったが、奈々のおっぱいはやわらかく、かつ、なんとも言えないぬくみを感じさせた。

考えたこともなかったが、水着の下にあるおっぱいは、意外に大きいのではないだろうか。

(このばか)

すっとこどっこいな妄想をたくましくしている自分に、ほとほと愛想が尽きる思いがした。

プールサイドのベンチに座り、ため息をつく。

ふと見ると、おっぱいの感触がまだなお生々しい美人インストラクターは、他の生徒に大きな身振りで、笑顔とともに指導をしていた。

2

「じゃあ、お疲れさま、鈴原さん」

「大木(おおき)さん。また」

「鈴原さん、気をつけて帰ってね」

「はい、田中(たなか)さんも」

陽気な声が夜の飲み屋街にひびいた。

酔いに顔を赤らめた生徒仲間たちが卓也に手を振り、三々五々、思い思いの方角に散っていく。

仲間のひとりがいきなり声をかけたわりには、思いのほか大勢の生徒が参加した飲み会になった。

テーブルを囲んだのは、総勢九名ほど。

老いも若きもという感じで年代はさまざま、男女比は半々ぐらいの飲み会になったが、水泳という共通の話題があるため、それなりに盛りあがった。

もっとも、卓也は車で来ていたため、酒は飲んでいない。だがノンアルコールビールでも、ほろ酔い気分でけっこう楽しめた。

「たまには、こういうのもいいな」

満ちたりた気分で、にぎやかな夜の街を歩きだした。

車はスイミングセンターの駐車場から駅前のコインパーキングに移動させている。今いる場所からは歩いて五分ほどの距離だった。

「けど……」

卓也は星空をあおぎ、心でひとりの女性を思った。今夜の飲み会には、奈々ともうひとりの女性インストラクターも参加していた。

ただ、奈々は飲み会の発起人である水谷(みずたに)という四十代の男につかまってしまい、ほとんど話ができなかった。

それでも、今日の礼だけはなんとか言えた。

短時間だが、あれこれと話をすることもできた。できることならもう少し、いろいろと話してみたかったが、世の中とは思うにまかせない。

それほどまでに、飲み会の場で見る奈々は水着姿とはまた別の魅力を放っていた。

「鈴原さん」

(えっ)

そのときだ。

いきなり卓也の名を呼ぶ声がする。

背後からだ。卓也は驚いて振りかえった。

「あっ……」

思わず小さな声が漏れる。

酔客たちが往来する繁華街を、こちらに向かって駆けてくる人がいる。

奈々である。

奈々は困ったように微笑みながら、いかにもアスリートらしい凜とした駆けかたで近づいてくる。

(ああ、そんなに揺れないで)

いったいなにごとかと思いながらも、つい奈々の胸に目がいってしまい、卓也はあわてて視線をそらした。

美人インストラクターの胸もとでは、意外に豊満な乳が、たっぷたっぷと惜しげもない大胆さで揺れている。

「先生……」

「だから、蓮倉さんでいいってば。先生って柄じゃないし」

困惑しながら奈々を呼ぶと、スタイル抜群のアスリートはくすぐったそうに笑い、顔の前でヒラヒラと手を振った。

「ねえ、よかったらちょっと飲み直さない？」

「えっ。いや、でも……」

フランクな調子で誘われ、卓也はうろたえた。

つい今しがた、発起人の水谷に「俺はちょっと、先生に相談があるから」と言われ、彼と奈々を残してみんなで居酒屋を出てきたばかり。

だが奈々の後方をたしかめても水谷らしき人影はどこにもない。

「あの、水谷さんは」

「困っているの。水谷さん、酔っぱらっちゃって、口説いてくるんだもの」

「ええっ？」

たしかに親しげに、奈々と水谷は二人で話しこんでいた。

だが、まさかそんな展開になっていたとは。しかも奈々は、かなり迷惑している様子である。

「まいっちゃった。まあ、あんなに酔ってたら、明日になれば本人も全部忘れてるかもしれないけど。あはは」

「平気でしたか」

「平気平気。でも疲れちゃった。だから飲み直したい気分なの。ね、ちょっとつきあって」

「は、はあ。あっ……」

奈々は言うと、卓也の返事も聞かず、雑踏の中を歩きはじめた。

奈々につづきつつ、卓也は心をほっこりとさせた。泥酔したという水谷にも、感謝しなければならないのではあるまいか。

(もしかして……超ラッキー?)

前向きな気持ちで自分をみがく努力をするようになってから、ラッキーなできごとが増えている気がする。極論するなら今日足をつったことさえも、ここへとつながる伏線だった気すらした。

あんなできごとがなかったら、奈々も卓也など誘わなかったろう。

今日の一件で距離は一気に縮まったが、そもそも奈々にとって卓也など大勢の生徒のひとりでしかなかったはずである。

(あれ)

卓也はふと気づく。先に立って歩きだした奈々は、気づけば飲み屋街をはずれ、駅とは反対の方角に進んでいく。

「先生」

小走りで奈々に近づいた。

美貌のインストラクターはハミングをしながら歩いている。ショートカットの髪をふわりと踊らせ、「なに?」という顔つきで卓也を見る。

「こっちに行きつけのお店でも?」

卓也は聞いた。

この街のことはよく知らないが、卓也の知る限りこのまま歩けば歩くほど、にぎやかな界隈からは遠ざかっていく。

「あれ、言わなかったっけ」

すると奈々は意外そうに目を見ひらいた。

快活さを感じさせる、張りのある声で言う。

「私のマンション、すぐ近くなの」

「はあ……えっ！」

反射的に返事をしてから、ギョッとした。

マンションとはいったいどういうことだ。

「先生」

「だから蓮倉さんでいいってば。呼びにくかったら奈々さんでもいいし」

奈々は苦笑し、何度言わせるのというようなジト目で卓也を見る。

「いや、あの、せんせ――な、奈々さん。マンションって」

「大丈夫よ、襲ったりしないから」

「いや……いやいやいや――」

「どうせならさ。気楽な場所でのんびり飲むほうが好きなのよ。しかも鈴原さんは飲まない人でしょ。だから、水谷さんと飲むより百倍安心だし」

「いや……いやあ……」

そういう問題ではないのではないかと、卓也は腕組みをしたくなった。

「それとも」

そんな卓也を、いたずらっぽい目つきで奈々は見る。

「鈴原さんって、女の家にあがりこむと、いきなり豹変（ひょうへん）したりしちゃう人？」

「――っ。そ、そんなことはありません」

「だったらいいじゃない。さあ、行こう」

「あ……」

奈々はこともなげに言い、ふたたび鼻歌交じりで夜道を歩きだした。

(奈々さん……)

卓也は今さらのように気づく。

奈々は酔っていた。三時間近くも居酒屋で飲んでいたのだから当たり前といえば当たり前。だが明らかに、卓也を見て笑う両目には、妖しい濁りめいたものがある。

(どうしよう)

卓也はとまどい、理性と好奇心の狭間で激しく揺れる。こんなことなら少し飲んでおけばよかったと悔やまれた。これっぽっちも酔ってなどいない卓也は、つまらない一介の小市民だ。

「どうしたの。早く来なさいよ」

そんな卓也を振りかえり、ちょっと離れた場所から声を大きくして奈々が言った。

「は、はい。でも」

「早く来ないと置いていっちゃうわよ。あははは」

「…………」

奈々は愉快そうに言い、言葉どおり後ろも向かず、闇の中を遠ざかっていく。

「くっ……」

(ええい)

どうしたものかと迷ったが、理性が好奇心に負けた。

美貌のインストラクターとふたりきり、あれこれと話せる機会なんて二度とないかもしれない。これは神様が与えてくれた、奈々と親睦(しんぼく)を図るビッグチャンスなのではあるまいか。

「待ってください」

卓也は駆けだし、奈々のあとを追った。

「あ、来た来た。きゃあ。あはは」

「先生。はぁはぁ……」

卓也を振りかえった奈々は、楽しそうに笑って夜の道を走りだす。卓也はそんな美女を追い、さらに速度を上げて疾走した。

星空の下に、上機嫌な奈々の笑い声がひびいた。

3

「……遅いな、奈々さん」

卓也は時間をたしかめた。

奈々が「探してくるから、ちょっと待ってて」と言い、部屋から姿を消してからそろそろ十五分になる。

手持ち無沙汰で、ノンアルコールビールの入ったグラスをかたむけていた。今日はもう、いったい何本ノンアルコールビールを空にしたことだろう。さすがに腹が、いくら飲んでも酔いの回らない液体を拒否しはじめている。

奈々の住むマンションは、閑静な住宅街の一角にあった。

賃貸ではあるものの、いかにも高級感あふれる建物。セキュリティもしっかりとした瀟洒(しょうしゃ)なマンションで、一階のエントランスはオートロックだった。

比べること自体意味がないが、庶民的なとしか言いようのない自分のアパートとの差を思い、卓也は苦笑した。

聞けば奈々は中国地方の漁師町の出身。先祖代々、網元として海辺の町に君臨しつづける資産家一族の出なのだとか。

卓也は「海辺育ちだから水泳とかお得意なんですか」と聞いたが「んなわけないでしょ。関係ないって」と鼻で笑われた。

だが、裕福な暮らしが奈々を国体に出場できるほどのアスリートにまでしたのはまちがいないようだ。

いや、国体出場レベルの水泳選手だったというだけではない。

地元の誇りとたたえられたという網元の家の美少女はピアノの腕もすばらしく、その上、頭もよかった。中学校時代は男子生徒たちからだけでなく、独身の若手男性教師からも恋心を告白されたという。

みなが奈々をチヤホヤした。奈々はみんなから目をきらめかせて見あげられるあこがれの存在として、他の少女では太刀打ちできない雲の上的ポジションで青春時代を謳歌した。

「いいな、お金持ちの美少女か……」

ため息をつき、主がいないのをいいことに、不躾なまなざしで室内を見まわす。

ひとり暮らしであるにもかかわらず、奈々は３ＬＤＫのマンションを住処にしていた。その上かなり広く、八十平米ぐらいは軽くある。

ダイニングルームから続くリビングも広々としていた。よけいなものが置かれておらず、すっきりしていることもあるが、天井が高いせいもあり、解放感が感じられる。

薄型の大型テレビが壁際にあった。それに合わせるかっこうで、ソファセットとローテーブルが配されている。センスよく置かれたグリーンの観葉植物が、部屋のそこここで存在感をアピールしていた。

奈々はつい先ほどまで、卓也とふたりでローテーブルを囲んでいた。ソファにくつろいで、楽しそうにワインを飲んでいた。

テーブルには、閉店ギリギリだったスーパーで買ってきた乾き物などのつまみ類が並べられている。「もう食べられないね」などと笑いながら、ふたりしてけっこう消化していた。

「意外にフレンドリーな人だな、奈々先生」

ここまでの奈々とのトークを振りかえり、卓也は独りごちた。

部屋に邪魔をし、ふたりして飲み直しはじめてからすでに小一時間ほど。その間、会話の主役はもっぱら奈々で、少女時代のことや水泳選手だった頃の話に始まり、インストラクターとしての興味深い裏話、生徒たちの噂話など、酔ったせいもあるだろうがあれこれと、フランクに話してくれた。

明るく笑いながら話に興じる奈々は、男勝りなアスリートっぽさやオーラを感じさせる特別さが影をひそめ、二十代の女性らしい親しみやすさを感じさせた。

——私ひとりだけごめんね。鈴原さんも飲む？　なんだったら、泊まっていってもいいわよ。

奈々は幾度も、卓也にそう酒を勧めた。だが卓也はそのたび固辞し、年上の男としての矜持を保とうとした。

もちろん、こういう時間を奈々と持てることは望外の喜びだ。

だがそれでも、酒を飲んでいない身としては、あとで奈々がしらふに戻ったときにさげすまれないよう、節度ある態度は必須だと肝に銘じている。

「ていうか、ほんとに遅いな」

卓也はもう一度時計を見た。

奈々が姿を消してから、二十分近くになろうとしている。

先ほどまで、話の流れから卓也は水泳についての思い出話を奈々にしていた。

プールでも思いだしたことではあったが、中学時代の卓也にとって、スクール水着姿の美少女たちは、この年になっても忘れられない鮮烈なものだったという話を、卓也は奈々にしたのであった。

——スクール水着？　私、とってあるわよ、中学時代のスクール水着。ちょっと待ってて。

すると奈々は嬉々として言い、リビングを飛びだしていったのである。

「いやいや、おかまいなく」と卓也はあわてた。

だが奈々はどこまでもマイペース。卓也の話など聞こうともせず「どこだったっけなあ」などと楽しそうに言いつつ、寝室らしき部屋に入っていった。

「——っ。まさか、スクール水着に着替えているわけじゃ」

やがて、その可能性に気づいて卓也はドキッとした。

スクール水着が見つからないがため、時間がかかっているとばかり思っていたが、よもや奈々は、それを身につけて再登場しようとしているのではあるまいか。

いつもの奈々ならあり得ない話だが、なにしろ今夜の彼女はかなり飲んでいる。

もちろん呂律はしっかりしているし、飲むほどに饒舌になりこそしたものの、頭のほうはしっかりしているかに見えた。

だがそれはうわべだけの話。

アルコールが相当回っていてもおかしくはない。

「お待たせぇ」

（あっ）

うろたえた卓也が、落ちつきをなくしはじめたそのときだ。リビングと廊下を隔てる扉が開き、ようやく奈々が戻ってきた。

卓也は恐る恐るそちらを見る。

「えっ」

思わず声が出た。

フリーズする。

目の前に現れた奈々は、卓也の想像を凌駕するとんでもない姿だった。

4

「ンフフ。こんなの見つけちゃった。スクール水着もいいけど、こういうのも鈴原さん、喜ぶんじゃないかと思って」

卓也の視線を一身に浴びながら、奈々はしなを作ってポーズをとった。

「奈々さん……」

卓也は唖然としながら、そんなインストラクターを見あげる。

エロ水着――そんな言葉しか出てこない、すさまじいスイムウェア。水着なるものの布面積を最小限にしたらどうなるかという視点で作られたとしか思えない、きわめて露出度の高いものだった。

とにかく、これはもうほとんど裸も同然だ。女性が隠さなければならない部分をしかたなさそうに覆う布はあるものの、男を喜ばせるためだけに作られた過激さを感じさせる。

(冗談だろう)

ぽかんと口をあける、とはまさにこのこと。

卓也は呆(ほう)けたように口をあけている自分に気づく。目の前に現れた刺激的かつ眼福(がんぷく)ものの眺めから、もはや視線をそらせない。

「ムフフッ。エッチな目。なにを考えてるの、鈴原さん」

「な、なにをって……いや――」

――ぐびり。

卓也は思わず唾(つば)を飲んだ。返事をしなくてはと思うものの、思いがけない展開に動揺してしまっている。

プールで見慣れているはずの身体だったが、やはりこの女性のスタイルの良さと鍛えあげられた美しさは日本人離れしている。

手も脚もスラリと長く、肉体の黄金比を完璧に持ち合わせたうらやましいボディ。しかもこの身体は鍛錬を通じて引きしまり、アスリートならではのまぶしさをも有している。

肩にたくましさが感じられるのは、スイマーならでは。

泳ぐために必要な筋肉がしっかりとついた肉体は、ふつうの女性とは違う特別さを感じさせる。

だが、そうだとしたらやはりいちばん似合うのは、試合で身につける競泳水着。そんなスイムウェアこそが、この肉体美をさらに神々しいものにしてくれる。

ところが、奈々が素肌に貼りつかせているのは、アダルトグッズとしか言いようのないエロチックな水着。

三つの小さな三角形が締まった肉体に吸いついている。

三角のふたつは乳房の頂点、残るひとつはふっくらとやわらかそうなヴィーナスの丘にある。

いわゆる、マイクロビキニのブラジャーとパンツ。極小の三角生地が、白く細いストラップで素肌に貼りついている。

たしかに三角のおかげで乳首と股間のワレメは隠せていた。しかし逆の言い方をするならば、ギリギリ隠せているのはわずかにそれだけ。おっぱいのほとんども、恥ずかしい局部も、ほとんどが露出している。

奈々がいつも着ている競泳水着もハイレグタイプで、股間のあたりを見るたび目のやり場に困った。

だがこのマイクロビキニはハイレグどころの騒ぎではない。

えぐれるような露出度で、小さな三角の布から太腿と股間の眺めが惜しげもなくさらされている。

——ぐびっ。

(ああ、俺ってば、また)

気づけば卓也はまたしても、唾を飲みこんでしまっていた。

見ているほうが赤面したくなるような大胆な水着。しかもそれを身につけているのが、そんじょそこらではお目にかかれない美貌のアスリートなのだから、エロスの破壊力には相当なものがある。

「どう？　いやらしいわよね、これ。イタリアで買ったの。お尻なんて、ほら」

グラビアアイドルのようにポーズを決めていた奈々はおかしそうに笑うや、くるりと背中を向けた。

卓也に向かって、これでもかとばかりにヒップを突きだす。

「うおお、奈々さん……」

まるで挑発でもしているかのよう。ほどよく実った水蜜桃を思わせる肉尻が、卓也めがけてアップで迫った。

尻を隠す布はないに等しい。いわゆる扇情的なTバック。ストラップとたいして変わらない細い紐状のものが、尻の谷間に食いこんでいるだけだ。

「すごいわよね、この水着。ねえ、どう。ほら、ほら」

「ちょ……奈々さん」

卓也は動揺した。

このシチュエーションは明らかに異様。ここまでですら、とっくに度を超えている感がある。

それなのに奈々はさらに嬉々として、尻を振りながら卓也に接近する。

「ねえ、すごいでしょ、このお尻の紐。いやらしくない？」

……プリプリ。プリプリプリ。

「いや、あの、ちょっと……冗談はやめてください、奈々さん」

卓也は声をうわずらせ、二人がけソファをずらして奈々から距離をあける。

やはり思っていたより酔いが激しいのかもしれない。

あり得ないエロ水着を着て現れただけでも尋常ではないのに、このふるまいは常軌を逸している。

「あら、冗談のつもりはないけど？」

「えっ」

すると奈々は心外そうに言い、またもこちらを向いた。その動きに合わせ、胸もとのふくらみがブルンと揺れる。

予想以上に豊満な乳房はFカップ、九十センチぐらいは余裕である。

まん丸にふくらむ乳の頂で三角の布がせわしなく揺れた。今にもバストトップからズルリとずれてしまいそうだ。

「わわっ、奈々さん」

奈々は意味深な目つきで微笑むと、卓也に近づいた。なにをするのかと思いきや、卓也の隣にすべりこむように身体を密着させる。

（わあ……）

裸同然の美女に身体をくっつけられ、緊張感とともに浮きたった。奈々の身体は思いのほか熱い。

酔いが関係しているのは明白だ。しかし百パーセント、アルコールのせいだけとは言いがたい淫靡な熱も感じられる。

プールで泳いでいるとき、手をとって教えられたりすることはあったが、こんな風にぺったりとくっつかれるのははじめてのこと。しかもかたわらから卓也を見つめる奈々の両目には、見たことのない艶やかなものが色濃くにじむ。

「ねえ、鈴原さん。あなただって、ほんとはこんな風にしたいんじゃない？」

奈々の声にはねっとりとしたものが混じっていた。

「はっ？　わわっ！」

なんのことですかと問い返す余裕すら与えてはもらえない。奈々は卓也の手を取るや、ふっくらとした胸もとの丸みに彼の指先を押しつける。

「ちょ……奈々さん」

「違うの？　今日だってこんな風に私のおっぱい、鷲づかみにしてたじゃない。こんな風に、ハアァン……」

「うわっ。うわあ……」

……グニュグニュ。グニュ。

断じてこれは自分の意思ではないと卓也は主張したかった。

だが現実問題、彼の指は三角の布を道連れに、たわわな乳房をねちっこく、上へ下へと揉みしだく。

(まずい。まずいまずいまずいまずい)

「アァン、いやらしい。こんなうれしそうな顔をして、人のおっぱい、ネチネチと揉んで……あっあっ、ハアァン……」

卓也の手の甲におのが指を重ね、ねちっこい揉み方でまさぐっているのは奈々である。だが、そうであるにもかかわらず、奈々は卓也を糾弾し、なじるような目つきで彼を見る。その上なじってみせながらも、乳を揉みこむたびに、官能的なあえぎ声をあげる。

「アハァン。あン、困る。ひはあぁ」

「ちょ、ちょっと待ってください。俺、奈々さんのおっぱい、ネチネチと揉んでなんか――」

「揉みたくないの?」

「えっ」

突然奈々は、卓也の耳もとに口を押しつけ、秘めやかなささやき声で問うた。

「奈々さん」

「揉みたくないの、私のおっぱい？　知ってるのよ、今日プールでおっぱいをつかんだ後、ドキドキしている顔をしてたこと」

（ああああ……）

見られてしまっていたのかと、天を仰ぎたくなる。言いがかりどころか身に覚えがあるだけに、そう斬りこまれるとぐうの音も出ない。

「いや、あの——」

「も・ん・で」

奈々は甘ったるいささやき声で、歌うようにねだった。耳の穴に息を吹きかけられる。セクシーな声で誘われて、背すじをぞわぞわと鳥肌のさざ波が駆けあがる。

「な、奈々さん」

「ねえ、揉みたくないの？　だったらプールでのあの顔、いったいなんだったの」

「いや……あの——」

「揉ませてあげてもいいわよ、今夜だけ。言っておくけど私、誰にでもこんなことをしているわけじゃないからね。ほら、ほらほら……」

……もにゅもにゅ。もにゅもにゅもにゅ。

「ずおっ……ずおおっ……」

重ねた指でさらにいやらしく乳房を揉まされ、一気に身体が沸騰していく。酒など一滴も飲んでいないのに酩酊感が増し、不穏な耳鳴りがだんだん強くなってくる。

5

「揉んで、鈴原さん。楽しいこと、しよっ」

奈々のささやき声には酒の香りが混じっていた。

その肢体からは甘酸っぱさを感じさせる柑橘（かんきつ）系のアロマが、温かな熱気とともに惜しげもなく香り立っている。

「うお、おおお……」

「も・ん・で」

卓也は不思議な気分だった。

あれほどまでに、自分は女と縁がなかった男のはず。それなのに習い事を始めてからの、怒濤としか言いようのない密事の連続はいったいなんだ。

料理講師の人妻に、書道教室の未亡人。

そして今夜は、なんと年下の水泳インストラクターまでもが、向こうから卓也に粉をかけてくる。

いきなりモテ期に入ったことはまちがいなさそうだ。今夜もやってきた想像もしなかった展開に、卓也は理性をしびれさせていく。

(もうだめだ……ああ、もうだめだ！)

「揉んでってば、鈴原さ——」

「ああ、奈々さん！」

「ひはっ」

……もにゅもにゅ。もにゅもにゅもにゅもにゅ。

「ハアァン、鈴原さん。あン、いやっ。ふはっ。ふはぁ……」

「はぁはぁ。はぁはぁはぁ」

(揉んじゃった……ああ、揉んじゃった！)

ついに卓也は理性をかなぐり捨てた。

求められるがまま獣になる。乳の頂に吸いついていた三角の布をずらし、乳輪と乳首を露わにさせる。

露出したのは、ほどよい大きさの乳輪と乳首。女性としては大柄なほうで、慎ましやか、というイメージとはかけ離れた感じの人なのに、乳の先っぽをいろどる眺めは意外に慎ましい。

鳶色をした乳輪は、白い乳肌と混じりあって今にも消えてしまいそうなはかなさ。キュッと締まった乳首も小さめで、小ぶりな梅を思わせる。

「はぁはぁ……どうしたらいいんですか、奈々さん。こんな風にされたら、俺、もうどうしたって……」

「ンッハァン、鈴原さん。もっとなじって」

「えっ」

なじったつもりはなかったが、卓也の言葉に奈々は嬉々として応じた。尻をもじつかせ、鼻にかかった声で訴えるように求めてくる。

「奈々さん」

「いやらしい女でしょ。そうなの、いやらしいの。お酒を飲むとね、いやらしいことがしたくてたまらなくなるの」

「えっ、ええっ？」

奈々はとろんと両目を潤ませ、はしたない告白をする。じっとりと粘った目には、すがるような切迫感も見え隠れする。

「奈々さ──」

「ねえ、だめな女だっていじめて」

「はあ？」

卓也は仰天する。

だが冗談ではないらしい。奈々は酔ってこそいるものの、そのねだりごとには真摯な心情が見てとれる。

「いじめて。ほんとはこんな女なの。でもみんながそんな私を許さない。だからがんばってきたの。努力して練習もしたし勉強もしたし、ピアノもがんばった。でもこれが私なの。いやらしいことしたいよう。したいよう」

「おおお……」

奈々は卓也に乳房をつかまれたまま、駄々っ子になって身体を揺さぶった。

卓也は未亡人の麻由子を思いだす。

書道教室の講師は言った──もっといじめて。私のこと、いけない妻だって、もっとつらくさせて。

はっきり言って、麻由子も奈々も自分からそんなことをねだる女性にはとうてい思えない。女という生き物が人知れず隠し持つせつない素顔に、あらためて卓也は触れた気分になる。

（こ、興奮する！）

腹の底からムクムクと、獰猛なものが今夜もせりあがった。

酔った勢いとはいえ、本音をさらして懇願してくる美女に、こちらも本気で応えてやりたい気持ちになる。

いや、気取った言い回しはもうやめ。卓也の現在の心境は、ズボンの股間を痛いほど押しあげる勃起が無言のうちに語っている。

「ねえ、鈴原さん。お願いよう。お願いだか――」

「おお、奈々さん！」

「あああぁ」

卓也は奈々を二人がけのソファに押したおした。奈々は窮屈な体勢で、狭いソファに仰臥する。

そんな美人インストラクターの股間に貼りつく三角の布に指をかけた。ぐいっと脇にそれをずらす。三角の布の下から、甘くとろけきった桃のような香りが広がり、恥部の眺めが卓也の前にさらされる。

奈々の肉割れは、すでにドロドロだ。卵白でも塗りたくったかのような、ぬめる眺めがそこにあった。

「ハアァン、鈴原さん」

「い、いけないい人ですね、奈々さん。生徒……生徒の前で、オ……オマ×コ、こんなに濡らして」

「キャハアン」

……ピチャピチャ、れろれろ、れろん。

「あああ。うあああああ」

「はぁはぁ。はぁはぁはぁ」

丸だしにさせた媚肉に、卓也はむしゃぶりついた。

ヌメヌメしたワレメに舌を突き立てるや、奈々はとり乱した嬌声をあげる。背すじをたわめて快感をアピールし、最初の舌のひと突きだけで、早くも小刻みに身体を痙攣させる。

奈々の淫華は、体格のいい堂々たるアスリートのイメージを軽やかに裏切る、成熟した猥褻さを見せつけた。完全に発情した陰唇は、ぱっくりとラビアを広げ、サーモンピンクの粘膜を露出させている。

膣穴がさかんにひくついた。ひくつくたびにドロドロと、濃厚な蜜が穴からあふれだしてくる。

「——っ。み、みんなの、あこがれの人なのに……奈々さんってほんとにスケベで、もう……こんなにマ×コを濡らしてます。んっんっ……」

……れろん、ペロペロ。ピチャピチャ、ねろん。

「キャヒイィン。ああ、舐めて……もっと舐めて。傷つけて……もっと私をズタズタにしながらそこ舐めて。舐めて舐めて。うあああぁ」

「はぁはぁ……奈々さん……」

いよいよふたりの行為は本格化した。卓也は奈々の美脚をすくい上げ、鍛えられた肢体を二つ折りにする。

美しいアスリートを、おしめを替える赤ん坊のような姿におとしめた。はしたないとろけぶりを見せる局部を、舌でねろねろと穢（けが）して責める。

「うっあああ。ハアァン、どうしよう、鈴原さん。感じちゃう。ねえ、もっと。もっといじめてよう。いじめてよう。あああぁ」

激しいクンニに狂乱し、奈々はその身をのたうたせながらなおも卓也に所望する。

「いじめるって。えっと……えっと……」

未亡人の麻由子にねだられたときもうろたえたが、今夜も卓也は同じように態度に窮した。

すでに気がついてはいるのである。

自分の中に獰猛な野性があることは。

しかもその野性は淫らな女たちのレッスンで、徐々に覚醒しはじめている。だが、まだまだ手ほどきが必要だ。奈々に手を引かれてでないと、淫欲の荒波を泳ぎきることは難しい。

「ねえ、鈴原さん。私に恥ずかしい思いをさせて。生きていることがつらくなるほど恥ずかしい思いを」

「な、奈々さん」

(そんなことを言われても。えっと……えっと)

「みんなに誉められるの、もうたくさん。ほんとの私でいたいの。せめて酔ったときぐらい。ねえ、分かるでしょ。鈴原さん、分かってよう」

(くっ……えええい！)

「ハアァン」

とにかくもう、幕は開いてしまっていた。できはどうあれ、やれることをやるしかない。卓也は狼狽しながらも、奈々の手を引き、体勢を変えさせた。ソファの背もたれに上体を乗せ、こちらにヒップを突きださせる。

股間を覆う三角の布は、もはやその役を果たしていなかった。胸もとにまつわりつくブラジャーをむしり取り、続いてパンツも奈々の身体から剝(は)がす。

そうしたら、自分も服を脱いで全裸になった。

6

「あはぁ、鈴原さん……」

奈々はチラッと振りかえり、鼻にかかった声をあげた。

その目がたしかめたのは、卓也の股間の猛(たけ)り。今宵も卓也の男根は、天に向いてビビンと反りかえっていた。はしたないやる気を満タンにし、亀頭をふくらませていきり勃(た)つ。

いやらしい体位で待ちかまえる奈々は、こくりと喉を鳴らし、唾を飲んだ。

「そら、犯してあげますよ、奈々さん。こ、こういうこと……されたかったんですよね！」

卓也は奈々の背後で体勢をととのえた。

膝を落とし、手に取って勃起の角度を変えると、鈴口を奈々のワレメに押し当てる。

問答無用とばかりに、一気に腰を突きだした。

——ヌプッ！　ヌプヌプヌプッ！

「きゃっはははぁ」

根もとまで、猛る極太を挿入した。潤みに満ちた膣洞は、快適なすべりでどす黒い肉棒を奥まで呑みこむ。

「おお、奈々さん……」

奈々はひとたまりもなく吹っ飛び、ソファの背もたれにダイブした。

ソファは革張りの高級そうなものだが、ギシギシときしんでいやな音を立てる。勢いあまった卓也は奈々の背中に覆いかぶさった。

「はう。はうう。はううう」

（すごい、イッちゃってる……）

見れば奈々はペニスを突き入れられただけで、早くもアクメに達していた。背もたれに身を投げだし、ビクビクと痙攣する。

身体を重ねる卓也をはじき飛ばさんばかりの勢いだった。卓也は体勢を立て直すべく、そんなインストラクターをふたたび四つん這いの格好にする。

「はうう。はうう、鈴原さ――」

「そらそら。まだ始まったばかりですよ、奈々さん！」

……バッツン、バッツン。

「ひはああ。ああ、待って。待って、待って。まだ今、イッたばっかりで――」

「そらそらそら」

……バッツン、バッツン、バッツン、バッツン。

「うああ。うあああああ」

奈々はまだ、アクメの余韻の中にいた。だが卓也は、ひるみそうになるおのれを鼓舞し、おかまいなしの身勝手さでカクカクと激しく腰をしゃくる。

肉傘と膣ヒダが窮屈に擦れあった。火花の散るような快美感が、くり返し股間から全身に突きぬける。

「ヒイィ。ヒイイィ。うっあああ」

奈々はたちまち、新たな快感に呑まれた。

野獣と化した卓也に前へ後ろへと揺さぶられ、抱きついたソファごとガタガタと振動しながら、我を忘れた声をあげる。

「いやらしいですよ、奈々さん。なんですか、このオマ×コの濡れっぷり」

卓也は奈々の求めにしたがい、彼女を辱めるような言葉を口にした。

「アハァン、鈴原さん」

「これがみんなのあこがれの女性のほんとの姿ですか。地元の英雄とたたえられた少女の、誰にも言えない姿なんでしょ。そらそらそら」

「あああ。うっあ、うっあ、うっあああ」

卓也はさらに腰を振り、股間を奈々のヒップにたたきつけた。早くも奈々は、じっとりと汗をかきはじめている。たわわな肉尻と卓也の股間が激突し、そのたび湿った爆ぜ音がリビングルームにひびいた。

奈々は背もたれにしがみつき、はしたない声をあげて狂喜した。釣り鐘のように伸びた乳が互い違いに揺れ踊る。重たげにはずむ乳の先では、梅のように締まった乳首があちらへこちらへと位置を変える。

（な、なんか……興奮する！）

よがる奈々にいい気分になりながら、卓也はこれまで感じたことのない高揚感をおぼえていた。

ぼんやりと思っていたことが、いよいよ確信に変わってもいる。

料理講師の香織、書道教室の麻由子、そして水泳インストラクターの奈々。どの女性も神々しさに満ち、「先生」という立場もあって、近づくにはいささか勇気のいる美女たちだ。

ところが一皮剝けば、誰もが生身のせつない人間。かつての卓也なら、遠巻きに眺めるだけで会話をすることすらためらわれた女たちと、気づけばとんでもない行為に耽(ふけ)っている。

以前の卓也と今の彼を隔てるものとはいったいなんだろう。

考えるまでもない。

美女たちに近づいただけである。その他大勢であることをよしとしつつも、たしかに卓也は、彼女たちに自分から近づいた。

それだけで、世界は大きく変わった。

「アハアァ、鈴原さん。お尻……お尻たたいて！」

ガツガツとバックから犯されながら、我を忘れたような声で奈々が懇願した。

「えっ」

卓也はギョッとする。

すぐさま脳裏に去来したのは、未亡人の麻由子の色っぽい声だ。

——ぶってもいいです。たたいてもいいですから。

(おおお……)

あの晩は、求められてもさすがに応じられなかった。

だが奈々にまで似たようなことを乞われ、今夜の卓也は、もはやあの日の自分とはいささか違ってきていることにあらためて気づく。

「奈々さん」

「たたいて。おしおきして。ほんとはこんな女なの。みんなが思っているような女じゃないの。だから……ねえ、だから——」

「だ……だめな人!」

……ピシャア!

「うあああ」

(すごい声)

せがまれるがまま、卓也は片手で、まん丸に張りつめるヒップをたたいた。

もちろん全力でではない。ソフトな感じで軽くたたいただけである。ところが奈々は、それだけで狂乱のギアを何段もあげた。

「そうよ。そうなの。ねえ、もっと。もっとたたいて。強くたたいてェン。もっと強くぅンン」

「いや、でも、奈々さ――」

「たたいて。侮辱しながらたたいてって言ってるの！」

「ぬぅ……だ、だめな人だ、あなたは！」

……パッシイィン！

「あっあああ。もっと言って。その勢いで、お尻たたきながらもっと罵って！」

奈々の乱れかたは尋常ではなかった。こちらを振りかえる美貌には、なにかに憑かれたような切迫したものすら感じられる。ととのった顔はストーブにでも当たっていたかのように真っ赤に火照り、叫ぶ口からは唾液の飛沫が飛ぶ。

「奈々さん」

「ねえ、やってよう。やってよう。私に恥ずかしい思いさせてええっ」

（くう、そこまで言うなら）

「えっと……その……こ、国体にも出たような地元の英雄なのに、この、この……こ、この変態！」

――ピッシイィン！

「アッヒイィ。そうよ、そうなの。変態なの。ねえ、もっと言って。もっとたたいて、

たたいて、たたいてえっ」

　これまでより強めに力を加え、またしても尻を張りながら卓也は言葉でも奈々を責める。奈々はますます我を忘れ、気がふれたような嬌声をあげた。プリプリと尻を振り、もっともっとと言葉だけでなく、身体でも卓也に訴えてくる。

（うおお……）

　なんだこの感覚は。

　なんだなんだと、奈々を責めつつ、その実、卓也も心ここにあらずである。

　自身の中でたしかな形を持ちはじめた「未知の感情」が、焼けた石のように真っ赤になってくる。

「このドスケベ！　なんですか、このマ×コ。気持ちよさそうに俺のチ×ポを締めつけて。いいんですか、いいんですか、奈々さん」

　……パッシイィン！　ピッシイィン！

「きゃっはぁ。ああ、いいの。すごくいいの。ごめんなさい。こんな変態でごめんなさい。あっあああ」

（本当に、こんなのがいいんだ）

　ドSさを増す自身の行動に狼狽しつつ、卓也は奈々の反応に呆気にとられた。

女とは抱いてみなければ分からないというが、むべなるかなとしみじみと思う。プールでの奈々の凛々しさを思いだせば、無様としか言いようのない濡れ場でのギャップは悶絶もののいやらしさだ。

媚肉が陰茎を締めつけるという卓也の言葉は嘘ではなかった。

尻をたたいて言葉責めをくり出せば、奈々は歓喜の吠え声をうわずらせつつ、胎肉を何度も蠕動させる。

ただでさえ狭隘な膣路に、いっそう強い圧力で陰茎をプレスされた。

無数の小さな舌にペロペロとペニスを舐められているような快さ。今にも腰が抜けそうになり、天を仰いで奥歯を噛みしめる。甘酸っぱさいっぱいの唾液が、口中いっぱいにあふれだす。

7

「鈴原さん。もっと。もっともっとおお」

(あ……)

奈々の反応のすさまじさや、男根におぼえる気持ちよさに、ついぼうっとしてしまった。卓也は奈々に発破をかけられ、あわてて我に返る。

(というか……もう俺も限界かも)

「おお、奈々さん！」

卓也はごまかすかのように、尻への張り手を一発見舞った。

——パッシイィン！

「あひいい。ハアァン」

「そらそら。そらそらそら」

——パンパンパン！ パンパンパンパン！

「うあああ。ああ、激しいの。奥まで来てる。奥まで。奥まで。ンッヒイィ」

「はぁはぁ。はぁはぁはぁ」

いよいよ卓也のピストンは、最後のスパートに入った。汗ばむ奈々の腰をつかみ、狂ったような抜き差しで、亀頭をポルチオにえぐりこむ。

そしてさらには——。

「気持ちいいですか、この変態！」

——パアアン！

「うあああ。丁寧語いらない。乱暴に言って」

さらに激しくヒップを張れば、奈々は獣のような声であえぎつつ、卓也になおもねだる。

「くっ……気持ちいいのか、変態！　いやらしい女。美人のくせにこのスケベ！」

卓也はハラハラしつつも、求めに応じてさらに言葉をくだけたものにした。尻をたたく手にも、いっそうサディスティックな力を加える。

――ビッシイィ！

「ヒハアァ。ごめんなさい。いやらしいの。チヤホヤされればされるほど、エッチなことがしたくなって。オナニーしてた！　中学や高校のときなんて、毎日毎日オナニーしてた！」

「このエロ女！　今度プールでみんなにばらそうか！」

「いやあ。それだけは、それだけはやめてええ。お願いよおおう！」

「う、うるさい！」

――パアアァン！

「あああああ」

「おお、奈々さん。もうだめだ！」

「うああ。うあああああ」

　卓也はさらに強く指を腰に食いこませ、怒濤のピストンをお見舞いした。ソファの背もたれにしがみつく奈々は気がふれたような声をあげ、子宮を突かれる快感にトランス状態になる。

　汗ばむ奈々の裸身が、前へ後ろへと揺さぶられた。いっしょになってソファがきしみ、宙に浮いたソファの脚が床をたたいて耳ざわりな音を立てる。

（もうだめだ！）

　卓也は心で白旗を揚げた。挿(い)れても出してもカリ首と膣ヒダが擦れ、とろけるようなエクスタシーが股間から脳天に駆け抜ける。どんなにアヌスをすぼめても、こらえがたい爆発衝動が股のつけ根からせりあがってくる。

「アッヒイィ。ンヒイィン。気持ちいい。気持ちいいの、うあああ。イッちゃう。もうイッちゃう。鈴原さん、イッちゃうよう。うああ。あああああ」

「奈々さん、出る……」

「うあああ！　あっあああああっ‼」

　――びゅるる、どぴゅどぴゅ！　ぶしゅしゅ！　どぴゅどぴゅ！

（おおお……）

　オルガスムスの彼方(かなた)へと卓也は突きぬけた。あんなに猛烈に動いていたのに、ピタりと静止し、魂が揮発するような快美感の虜になる。

押し寄せてきた快感の荒波に頭から飲みこまれた。上下の感覚をなくし、波にさらわれ、錐もみ状態になっているような気持ちのまま、ただひたすら、射精の快感に耽溺する。

……ドクン、ドクン。

(気持ちいい)

うなるような脈動音を立て、陰茎は肉ポンプからザーメンを吐き散らした。

コンデンスミルク顔負けの濃厚さを持つ精液が、ひくつく子宮にべたり、ねっとりと粘りついていく。

「はうう……すごい……鈴原さん……ほんとは……こんなことも……できる人なのね……あはあぁ……」

「――っ。奈々さん……」

奈々の言葉に、卓也は我に返った。見れば奈々はソファの背もたれに上体を投げだし、断続的な痙攣をつづけている。卓也の男根は、まだなお根もとまでずっぽりと奈々の膣に埋まったまま。それでも奈々は、ヒクン、ヒクンとセクシーな尻を跳ねあげてはもとに戻す。

「人って……ハアァン、ほんと……見かけに、よらない……人のこと、言えないけど……ンフゥ……あぁ……」

「いや。だって……」

　全部あなたがさせたことでしょと言いたかったが、卓也は言葉を呑む。奈々がうっとりした様子で、アクメの余韻に浸っていたからだ。

「気持ち……よかった……これでまた、生きていける……ありがとうね、鈴原さん」

「いや、そんな……」

「ンフフ……」

　奈々はなおも痙攣しながら、満足そうにまぶたを閉じた。

　次第に収束していく奈々の痙攣を見おろしながら、卓也は最後のひと搾（しぼ）りまで、美人インストラクターの膣内に濃厚な汁を注ぎ入れた。

第四章　人妻講師の淫らな音色

1

「いいですよ、鈴原さん。でもそこは、こんな風に弾いたらどうかしら」

ギター教師の谷崎美園は、三十歳。

愛くるしさあふれる笑顔が印象的な美園は、結婚五年目の人妻でもある。

(やっぱりうまいなあ、美園先生)

手本として、クラシックギターの演奏をする美園に、卓也はうっとりと聞き入り、見入る。

三歳の頃からバイオリンを習い、小学生になるとギターに魅せられるようになったという美園は、音楽大学出のギター教師。

クラシックだけでなくジャズやロックにも精通する美園は、仲間の演奏家と定期的にジャズバーなどで演奏をする現役の音楽家だ。

だから演奏が上手なのは当然の話なのだが、いかにプロがプロであるかは、自分が同じことをやろうとすればいやというほど思い知らされる。

料理にはじまり、現在も書道、水泳といろいろなことを学んでいる卓也だが、ギターに関しても同じ思いを抱いていた。

使っているのは、教室にある同じメーカーのギター。

つまり、道具にはなんの違いもない。張ってある弦だって同じもののはずだし、曲だって同じである。

それなのに、美園が奏(かな)でる音色は、どうしてこれほどまでに違うのかと不思議になるほど深みがあった。一音一音にこめられる感情にも、啞然とせざるを得ない彼我の差がある。

（しかも、この色っぽい見た目……）

美園の演奏にうっとりとしつつ、卓也はついギター教師のビジュアルにも鼻の舌を伸ばした。

ボブカットにした栗色の髪もキュートな美園は、むちむちと肉感的な美女。

ざっくりとした感じのピンクのシャツにブルーデニムというカジュアルなファッションであるにもかかわらず、持ち前の愛くるしさと艶やかな色香は隠しようがない。

卵形の小顔をいろどるのは、あどけなさを色濃く残した少女のような美貌。

うっすらと化粧こそしているものの、かもし出される雰囲気にはかぎりなくイノセントなものがある。

くりっと大きな両目は、いつも濡れたように艶めいていた。演奏に真剣になるとくちびるを噛むことがよくあったが、そんなときの顔つきにも、男心を落ちつかなくさせるものがある。

その上、このダイナマイトボディだ。

全身にいいあんばいに肉がつき、ほどよい豊満さをたたえている。

しかも、この人は指がまた美しかった。白くて長くしなやかで、そんな指たちが天かける馬さながらの闊達(かったつ)さでフィンガーボードを動く様には、ほれぼれするようなものがある。

そしておっぱいは、おそらくHカップ。

百センチ超はある見事な爆乳だ。

ちょっと動くたび、面白いほどよく揺れるいやらしい乳に、どれだけ卓也は落ちつかない気持ちにさせられたか分からない。

いやでも卓也は美園を意識した。

だが、彼が女講師を意識するのには、じつはほかにも理由があった……。

「どう？　こんな感じです」

手本の演奏を終えると、美園は卓也を見て破顔した。

「は、はい」

やってみて、という指示をアイコンタクトで感じた卓也はあわててギターをかまえ直す。

美園が言わんとすることは、なんとなくだが理解できた。要するに、一音一音にこめるエモーショナルなものが全然たりないということなのだろう。

（こんな感じかな）

卓也は緊張しながらも、感情をこめて練習曲を演奏した。

美園は必死に弦をつま弾く卓也を真剣なまなざしで見つめている。

今でこそ卓也は「ただのオッサン」だが、高校時代は仲間とロックバンドを組んでいた。

最初は、初心者でも比較的演奏しやすいからとベースギターを担当した。だが、その内楽器を奏でることの楽しさにはまり、独学でギターを学ぶようになった末、バンドの最盛期にはベースだけでなくギターでもバンドに貢献できるようになった。

もっとも、それはあくまでも高校生の素人バンドの話。仲間からプロのミュージシャンになった人間など、もちろんいない。

卓也自身、高校を卒業してからは、一度もバンド活動などしていない。

個人的にギターを弾いたことぐらいはあるが、それも大学を出るまでのこと。社会人になると同時にリサイクルショップにギターを持ちこみ、それ以来、今日まで音楽とはなんのかかわりもない日々を過ごしてきた。

それなのに、なにかもっと学んでみたいと思ったとき、ふとギターのことを思いだした。

書道もそうだったが、かつて経験したものは敷居が低く感じられるのだ。

その結果、卓也は美園が主催するこのギター教室に通うようになった。

もちろん書道も水泳も相変わらず続けている。現在の卓也にとってはそれらの習い事と同様、美園に指導されてギターを弾く時間も、かけがえのないものになっていたはずだった……。

「うん、よくなった。いいですよ、鈴原さん」

卓也が演奏を終えると、美園はかわいい挙措で拍手をし、ちらっと時間を気にした。午後三時をいくらか回っている。すでに何分か、卓也に与えられたレッスン時間をオーバーしていた。

美園のギター教室は、卓也の住むアパートから車で十分ほどのところにある。

すぐ近くに巨大ショッピングモールがある、開発途上の住宅街。新しい一戸建て住宅が立ち並ぶ郊外の一隅に、美園の教室はあった。

二階建ての瀟洒な一軒家。

その一階部分が教室兼スタジオになっている。今卓也はいつものように、防音設備のととのった一階でマンツーマンの指導を受けていた。

「すみません。それじゃ私はそろそろ――」

卓也はあわててギターを片づけようとした。すると美園は、おっとりとしたいつもの感じで卓也に聞く。

「鈴原さん。このあと、なにか予定ありますか」

(――来た)

そう。

来た、と卓也は心臓を跳ね踊らせた。

正直に告白するならば、この展開は意外ではない。

かつての卓也なら気づくこともなかったサインだろうが、この教室に通うようになってそろそろ四か月。書道や水泳を始めてから遅れること三か月にしてスタートした習い事ではあったが、月に二度、週末を利用して通っている。美園と二人きりで過ごすのは、もう八回ほどになっていた。

――この先生も、俺を誘いたいんじゃないかな？

そう気づいたのは、三度ほど前のレッスン時だ。

いや、正確に言うならそれよりさらに早く、美園が自分に感じてくれているらしい親近感には気づいていた。

最初は、美園がとても好きだという一九六〇年代のモダンジャズについて、ふたりして盛りあがった。偶然卓也もそれなりの知識があり、講師と生徒という枠を超えて熱く語りあった。

そのせいで、覚えがめでたくなったのかと思っていた。

だがそれをきっかけに、美園からいろいろとプライベートなことを聞くようになる内、卓也は女講師が自分に興味を持ってくれているらしいことに気づかされた。

聞けば夫とは十歳以上も歳が離れている。

しかも会社経営者だというやり手の夫には、美園が知っているだけでも数人の愛人が存在していた。

最初は蝶よ花よとおだてられて結婚までしたものの、ひとつ屋根の下で暮らすようになるや、ほどなく夫は豹変し、美園には金しか与えなくなった。生活に困るわけではなかったが、夫との暮らしは砂を嚙むようなものになった。

美園は夫から与えられた金で一階を改装し、教室やスタジオにした。さびしさをまぎらわせるためだった。生徒たちと大好きな音楽に没頭した。

羽振りの良い夫には他にもマンションがあったり、転がりこもうと思えば転がりこめる女もいるため、めったに帰ってこないようになっていた。

そんな夫への腹いせに、美園が気に入った生徒をつまみ食いしてしまおうと考えるのも無理からぬことではある。

むろん美園は、そんなことをあからさまに卓也に語ったわけではない。

だが卓也は、美園から聞かされる情報のピースをジグソーパズルのようにあるべき場所にはめこむ内、いやでもひとつの仮説に到達したのである。

——この先生も、俺を誘いたいんじゃないかな？

という仮説に。

それもこれも、習い事をするようになってから体験した、さまざまな女性講師との秘めやかな体験から学んだ感覚だ。

女たちからさまざまな手ほどきを受けるようになって以来、世界は変わり、卓也自身も変わった。

表向きのレッスンが料理に書道、水泳にギターなら、卓也は裏レッスンとして、女という生き物について見目麗しい指導者たちから内緒の手引き書をもらっていた。

「どう？　予定、あったりする？」

「あ、予定ですか。いえ、特に何も」

かさねて聞かれ、卓也は内心、胸を高鳴らせながら、何食わぬ顔をして答えた。

「そう？　おいしいケーキをいただいたの。もしよかったら、お茶でも飲みながらいっしょにいかが」

何食わぬ顔をしているのは美園も同じに思えた。楽器や教室の片づけをしながら、明るい笑顔で卓也を誘う。

卓也は確信した。

自分の勘が、決して的外れなものではないことを。

さまざまな形で卓也を自分のペースに引きこんだ、美しいくせにいやらしい女性講師たちとの記憶が走馬灯のように脳裏によみがえる。

今日の美園は、卓也と淫らな関係になだれこんだときの、女教師たちと同じ匂いを発している。

「いいんですか？　うれしいです。じゃあ、お言葉に甘えて」

卓也はさも意外そうに破顔し、喜びをアピールした。すると美園もまた、大きな両目を線のように細めて白い歯をこぼす。

「全然お邪魔なんかじゃないですよ。今日はもうレッスンの予定もないし。それじゃ、お二階に」

「ありがとうございます」

卓也は美園にエスコートされ、教室をあとにした。教室のギターを借りてレッスンを受けているため、荷物は自分のかばんひとつである。

(試してみようか……)

美園につづいて階段を上がりながら、卓也はよからぬ衝動をおぼえた。目の前にはプリプリと右へ左へと艶めかしく揺れる、迫力たっぷりのヒップがある。

デニムの生地に包まれた臀部は、こうして見るとかなりのいやらしさ。

まん丸に張りつめた、パツンパツンの尻には男を浮きたたせるものがあるし、ふたつの尻肉の狭間にあるデニムのくぼみにも股間をうずかされる。

(やっぱり、試してみたいな)

これまでの卓也なら考えられもしなかった大胆な思いに憑かれていた。

腕が向上したのは料理や書、泳ぎやギターだけではないことを証明したい気持ちになっている。

……こくり。

小さく唾を飲んだ。

胸の鼓動が速さを増す。

なにも気づかないギター講師は、なおも誘うようにヒップをくねらせ、小さな音を立てて階段を上った。

2

「ちょっと待っていてね」

「あ、はい……」

招じいれられたのは、しゃれたダイニングルーム。改装された美園の自宅は、二階に生活スペースがある。

ダイニングの隣にリビングルームがあった。

どちらにも開放的な窓がある。

近づいて外を見れば、すぐ近くには巨大なショッピングモールの建物が、はるか彼方には霊峰富士が小さく見える。

卓也はダイニングテーブルの椅子に座ったところだった。

そわそわと落ちつきのなさが増した美園は笑顔を作ると、卓也の前からそそくさと消えたのである。

(……お色直しかな)

廊下へと消える美女の背中を見送りながら卓也は思った。耳を澄ませば、部屋の扉を開け、カチャリと閉める音がする。

「…………」

卓也は立ちあがる。椅子と床がこすれあい、耳ざわりな音を立てた。

そろそろとダイニングを進む。

女講師が消えた廊下へと続く場所に立つ。まっすぐに続く廊下の左に二つ、右にひとつの扉があり、最奥部に階段があった。

耳を澄ます。

美園のものらしい物音が、廊下の右にある部屋からする。どうやらそこでお色直し中のようである。

(まさか、奈々さんみたいにエロ水着に着替えているわけじゃないだろうな)

奈々との灼熱の一夜を思いだし、卓也は苦笑した。

笑いつつも、奈々をはじめとした女たちのすさまじい乱れぶりを思いだすと、いやでも股間に血液が流れこむ。

(行くぞ)

迷いはなかった。

うぬぼれではないという、確信に近い思いがある。

音を立てないよう気をつけ、廊下を進んだ。

くだんの部屋の前まで来る。

扉に耳を近づけてもう一度確かめると、音はまちがいなくそこからした。

(ドキドキする)

淫らな高揚感が、今日もまた卓也の血液を沸騰させた。

甘酸っぱく心臓が打ち鳴るこの感覚に、いつの間にか中毒のようになっていることにも卓也は気づく。

ドアノブをそっとにぎった。

指と手のひらに汗が滲んでいたことに気づく。

ノブを回そうとすると、ぬるっとすべった。ズボンの尻で汗をぬぐい、もう一度ノブをつかむ。

（……っ⁉）

ゆっくりとノブを回した。小さな音を立ててラッチがはずれる。卓也は息を殺し、そろそろとドアを手前に開いた。

（おおお……）

思ったとおりだった。

美園は八畳はあるらしき洋室の奥にある鏡台の前にいる。

椅子には座らず、リップスティックらしきものを片手に持ち、鏡に身を乗りだしてくちびるのあたりで手を動かしている。

こちらに背中を向けているため、卓也には気づいていない。

大きな尻を無防備に突きだし、動きに合わせて無意識のうちにヒップをくねらせている。

どうやら夫婦の寝室のようだ。

部屋のほとんどをクイーンサイズの大きなベッドが占領している。窓には厚手のカーテンが引かれたままで、室内は薄暗い。

ベッドに置かれている枕は、ひとつだけである。哀切さを感じさせるその眺めに、不覚にも卓也は胸を締めつけられた。

「ほんとにいただいてもいいんですか」

気づけば卓也は、早くもプレイを始めている。

「きゃっ」

驚いたらしい。

美園はビクンと身をふるわせ、引きつった顔つきで卓也を振りかえった。見開いた両目には、この状況が信じられないという感情がありありと見てとれる。

「す、鈴原さん」

「先生、俺、ケーキより先生がいいです」

「えっ、ええっ？」

卓也は後ろ手にドアを閉めた。廊下から射しこんでいた光が消え、寝室はいっそう暗さを増す。

「ちょ……あの、ここには入らないで。すぐ戻りますから。えっ……」

うろたえた美園はドギマギしつつも、卓也をなじるかのように言った。

控えめな物腰ではあるものの、さすがにこれはあり得ないと抗議するような雰囲気がある。

しかし卓也は動じない。

大股で寝室を進むと、立ちすくむ美園に近づいた。

「ちょ……ええっ？」

女講師は仰天して身をこわばらせ、こちらに背中を向けようとする。そんな熟女の肩をつかむと、卓也はその身を独楽(こま)のように回した。

「──んむう。す、鈴原、さ……？」

「先生。ああ、先生。んっ……」

……ちゅうちゅう。ちゅぱ。

「むんウゥッ、ちょ……すず……んんむぅ……」

有無を言わせぬ強引さで、美園のくちびるを奪った。いやがるギター講師の二の腕をつかんで抵抗を封じ、なおも狂おしく口を吸う。

「んっ、むうっ……や、やめて……なにをするんですか……」

「だから、ケーキより先生がよくて。というか……今度はギターじゃなく、先生という楽器を弾きたいです」

「えっ、ええっ？　何を言って……んんむぅ……」

……ちゅぱちゅぱ。ぢゅるちゅ。

「んっああ……」

突然引きずりこまれたとんでもない状況に、なおも美園は困惑していた。だがとまどいながらもその身体からは、空気が抜けるように力みが消えていく。

「先生……寂しかったんですよね」

「――っ。鈴原さん。むはぁ……」

……ぴちゃぴちゃ。ちゅうちゅう、ニチャ。

卓也は右へ左へと顔を振り、むさぼるかのような勢いで接吻をした。美園はなおもいやがろうとするものの、もはやその本音は明白だ。

口を吸われれば吸われるほど、さらにしどけなく力をなくしていく。気づけば美園のほうからも、卓也の口を吸いはじめる。

「す、鈴原さん……鈴原さん……むんぅ、んっんっ……」

「おお、美園先生……やっぱりそうだったんでしょ。寂しくて寂しくて……すべて忘れさせてくれるものを求めていたんですよね。んっ……」

「ハアァン。んっはぁ……」

ささやく言葉が魔法のように、美園の耳から脳へと染みわたる。じわじわと、さらに理性を剥奪していく。

本当なら、なにがあろうと全力で拒まなければならない状況のはず。

それなのに、ギター講師はその腕を、いつしか卓也の背中に回す。彼と動きをあわせるかのように、右へ左へと顔を振り、ついには舌を飛びださせ、自らベロチューを求めてくる。

「先生……」

「あぁン、どうしよう……鈴原さん、私……私——」

「もうごまかさなくてもいいじゃありませんか。俺、分かっていましたよ」

「んあああ……」

舌と舌とを戯（たわむ）れあわせるたび、甘酸っぱい快美感が股間をうずかせた。

ペニスがムクムクと力を持ち、ズボンの股間部を押しあげて、はしたないテントを張っていく。

「鈴原さん……」

「先生を弾かせてください……んっんっ……美園先生っていう、セクシーですばらしい楽器を……」

「あぁぁン……」

早くも美園は、思うように力が入らなくなってきていた。卓也はそんな女講師を支え、ダブルベッドへとエスコートする。

「ハアァン、鈴原さん。アッハアァ……」

ふかふかのベッドに横臥させた。シャツのボタンをすばやくはずし、力を失った服をガバリと左右に開く。

――ブルルンッ!

「おお、先生……」

「ハア、いやン……」

現れたのは、まごうかたなき極上の爆乳。服の上から盗み見たより、いっそう迫力と豊満さを感じさせる。

風船を思わせる圧倒的なふくらみが、黒いブラジャーに締めあげられている。この乳房の大きさは、やはり尋常ではない。まちがいなく百センチ――いや、ひょっとしたらもっとあった。

「先生、こうされたかったでしょ」

「あはぁ、あン、だめぇ、鈴原さん。キャハァン……」

卓也は黒いブラカップを鎖骨のほうにずらし、たわわな乳房を露出させた。

下着といっしょにいったん上へとあがった乳が、容器からこぼれるゼリーのように、にゅるんとひしゃげてもとの位置に戻る。

「たまらないですよ、美園先生」

「んっああ。んっあああ」

……もにゅもにゅ。もにゅもにゅもにゅ。

「はぁン、いやあ。そんな、そんな。ンッハアァ……」

「ああ、先生、エロい音色……」

「そ、そんなこと言わないで。恥ずかしい。恥ずかしい。んっあああ……」

美園にかぶさった卓也は、十本の指で乳を鷲づかみにした。

せり上げるような手つきでしつこく何度も乳を揉み、粘土でもこねるように、柔らかなおっぱいを執拗に揉みしだく。

「先生、乳輪大きい……」

半分は恥ずかしがらせるつもりで、卓也は目にしたものを言葉にした。

さすがは爆乳にふさわしい、存在感抜群の乳輪。

小玉スイカを思わせる豊艶な肉房の頂に、乳の大きさと張りあうかのように乳輪の円が広がっている。

直径は、四センチか五センチぐらいはあるように見えた。

しかも乳輪は、白い乳肌からこんもりと一段高く盛りあがっている。乳首の眺めも相まって、鏡餅のような眺めを見せている。

「ああ。そんなこと言わないで。いじめないでください、鈴原さん。そこ、コンプレックス……うあああああ」

恥じらう女講師に、卓也は四の五の言わせなかった。うねるゼリーのような乳を心のおもむくまま揉みしだき、片房の頂に思いきり吸いつく。

3

「んっあああ。あはぁ、だめぇ……」

「だめとか言いながら、いい音で鳴りますね、このいやらしい楽器は。んっ……」

……ちゅうちゅう。ピチャピチャ、ねろん。

「あっあっ。ああ、そんなこと言わないで……あっあっ、いや、どうしよう、私ったら……はう、ヒッハァン……」

とろけるような柔乳をグニグニとまさぐりつつ、舌で乳首を転がしたり、口に含んで音を立てて吸ったりする。もちろん左右交互にだ。

「ひゃう。ハアァン」

どちらの乳に吸いついても、そのたび美園はビクリと身体をふるわせた。愛くるしい顔立ちをしているくせに、身体の感度は相当鋭敏だ。

「先生……はぁはぁ……乳首、勃起してきましたよ。分かりますか」

舌に感じる乳首は、あっという間に硬度を増した。

しつこく舐めれば舐めるほど、キュッと硬く張りつめて、淫靡な硬さで弾力的に舌を押しかえすようになる。

「い、いやあ、あっあっ……そんなこと、言わないで……アン、だめ、いやン、舐めないで……ひはっ、ハアァン……」

（いいぞ、エロい声）

左右どちらの乳房も、その先端を唾液でべっとりとぬめり光らせ、卓也はゾクゾクと背筋に鳥肌を駆けあがらせる。

自分の下で尻をもじつかせ、女体をくねらせる女講師は、見る間に淫らな本音をあらわにし始めた。

思ったとおりだと卓也は興奮する。

これまでの交流の間に卓也が感じたさまざまなサインは、やはり間違いではなかったのだと思うと、進歩した自身に誇らしい気持ちにもなってくる。

「さあ、裸になりましょう。お互いに……」

卓也はいい気分になりながら、美園から着ているものを脱がしていく。

「きゃはあぁ……鈴原さん、お願い……ここはいや……だってここは……」

美園は卓也に脱がされながら哀訴した。言いたいことは分かる。いくら夫が不在でも、ここは夫婦の聖域だ。

しかし卓也は譲らない。

「こんな場所だから興奮するんじゃないですか、お互いに」

「そ、そんな。あああ……」

ついに卓也は、美園をパンティ一枚だけの姿にさせた。

むちむちと肉感的な人妻は、股間に黒い三角の布を吸いつかせただけの姿で、恥ずかしそうに身をよじる。

恥じらいながらも、濡れた目には隠しようのない欲望があった。

パンティも脱がせてと、決して言葉にはしないものの、全身で訴えている淫らな気配を卓也は感じる。

「フフ。じゃあこれも……」

「あ、いやいや。いやいや、いやン。あああ……」

卓也は暴れてみせる美園の股間から、小さな下着をズリ下ろした。

(おお、剛毛！)

露出したのは、事前の想像を軽やかに裏切る圧倒的量感の陰毛の茂み。

ふっくらとやわらかそうなヴィーナスの丘いっぱいに、堂々たるマングローブの森が広がっている。肌の白さがきわだつ分、それとは対照的な漆黒の繁茂は鮮烈なインパクトだ。

しかも――。

……ブチュブチュ、ブチュチュウ。

「えっ」

「あはぁン、いや……違うの、これは、これは、ああ。ハアァ……」

いやがって身をくねらせる熟女の股のつけ根から、淫らとしか言いようのない泡立ち音がした。

「先生、もしかして……」

卓也の昂ぶりは一段階ギアを上げた。

これはもう、確かめなければ先には進めないとばかりに、卓也は美園の股の間にところを変え、女講師に脚を開かせようとする。

「いやあ、見ないで。違うの。いやいや、鈴原さん……」

「見せてください、先生。ほら……見せるんだ」

「あああああ」

どこまでが演技でどこまでが本気で拒もうとしているのか、さすがに分からなかった。しかし卓也は卑猥な激情に突きあげられながら、むちむちと肉付きのいい両脚をすくい上げ、強制的にガニ股開脚の姿にさせる。

……にぢゅちゅ。ブチュチュウ。

「ああァン……」

「おお、先生。いやらしい、はぁはぁ。このスケベな楽器は、こんなエロい音まで聞かせてくれるんですね」

剛毛の下にあった官能的な光景に恍惚としつつ、今日も卓也は言葉の刃を武器にして、熟女講師を責め立てる。

「いや、お願い、見ないで。エッチなこと言わないで……いつもは……私、ほんとにいつもはこんなじゃ……放して。放してください。ガニ股いやです。ガニ股いや」

（先生、かわいい）

開脚姿をいやがり、美園は全力であらがってポーズを変えようとする。

だがしょせんは女の力。卓也は美園の脚を押さえつけ、胴体の両側に、M字に開かせた脚が並ぶようにする。

（おお……）

縮れた黒い毛がそそけ立ち、好き勝手な方角に毛先を向けた。そんな繁茂の下に、ぱっくりと扉を開いたサーモンピンクのワレメがある。

粘膜はヌメヌメと淫靡なぬめりを帯びて光っていた。

見られることを恥じらうように、粘膜下方の小さな穴がひくついては、そのたびにいやらしい音を立て、とろみたっぷりの粘液を分泌させる。

「本当にスケベな人だ。そら、ここはどんな音を立てて鳴きますか」

卓也は言うと、二本の指をにゅるりと膣に挿入した。

「んっあああ。鈴原さん」

「そらそら。どんな音かな。そらそらそらそら」

「うああ。うあああああ」

——にゅぽにゅぽにゅぽ。グヂュグヂュグヂュ！

「あああああ。そこ擦らないで。ああ、そんなとこ擦ったら。うあああああ。あああ」

「ああ、ここもいい音がする」

指で擦って責めなぶるのは、いわゆるGスポット。美園のGスポットは、膣穴の入口から数センチ——感覚では四センチぐらいに感じられる前壁にあった。恥骨の裏側あたりである。

ザラザラと指の腹に感じる部分をそっと押して何度も擦る。

美園は気がふれたような声をあげ、それまでよりいっそう強い力で卓也の責めにあらがった。

「うああ。うあああああ。ああ、出ちゃう。そんなにしたら出ちゃう。出ちゃあ、出ちゃう。うああああああ」

「うおっ⁉」

——ブシュッ！　ブシュブシュッ！

「おお、すごい。潮を吹いていますよ。すごい音を立ててこんなに潮を。そらそら」

美園の膣からは、シャワーのように勢いよく透明な汁が飛びちりはじめた。淫らな弧を描いて落下する液体が、ベッドの布団をバラバラとたたく。

「あああ。うあああああ」

「そらそらそら。はぁはぁ……」

卓也はしてやったりという気分で、さらに激しくGスポットを擦った。

もはや美園をガニ股にはしていない。両脚を解放すると、いつしか美園は脚を踏んばり、尻はおろか背中まで浮かせている。卓也が膣内を怒濤の勢いでほじくり返すたび、たっぷりの蜂蜜をスリコギで攪拌するように、粘りに満ちた重たい音とともに、噴水の勢いで潮がしぶく。

──グチョグチョグチョ！　ヌチョヌチョヌチョ！

「うあああ。だめえ。出ちゃう。いっぱい出ちゃう。いやあ、見ないで。うっあああ。うっああああっ」

……ブシュブシュブシュ！　ブシュシュッ！

「あァン……」

「あっ……」

くの字に曲げた両脚をつま先立ちにし、肩のあたりまでベッドから離したそのとたんだ。美園はアクメに達したらしく、いきなりベッドに尻を投げだして痙攣する。

「おお、美園先生、エロい」

「い、いや……はう、はうう……見ないで……見ちゃ、だめ……あっはぁ……」

美園は右へ左へと身をよじり、アクメの電撃に身をゆだねた。

女講師が身体の向きを変えるたび、たわわな乳が巨大なゼリーさながらに、あちらへこちらへと流れて形を変えた。

4

「さあ、先生、来て」

美園が一息つく頃あいを見はからい、卓也は女講師の手を取っていざなった。ベッドの端に座り、対面座位の体位で美園とつながろうとする。

「はァン、鈴原さん……」

美園の裸身はすでにしっとりと、汗の微粒をにじませはじめていた。薄暗い闇の中で、淫靡に光る女体がなんとも艶めかしい。

「あああ……」

卓也にエスコートをされ、乗馬する騎手のように内股で片脚をあげた。露わになった陰唇から愛液が長く伸び、振り子のようにブラブラと揺れる。

「ほら、チ×ポここですよ。自分でオマ×コを亀頭に当てて」

「あん、いやン、ンフゥン……」

卓也は片手でペニスを取り、天衝く尖塔さながらに、天井に亀頭を向けた。美園は恥じらい、いやがってみせながらも尻を振り、尻を落としてクチュリと膣穴に亀頭をくっつける。

「さあ、来て。もっと腰を落として……」

「はあァン、鈴原さん。鈴原さ――」

――にゅるん。

「うあああああ」

「うおっ……さ、さあ、もっと……」

「うああ。うあああああ」

――ヌプッ！　ヌプヌプヌプッ！

「ぬおお、すごい……」

「ハアァン、入っちゃった……あぁン、すごい奥まで。あっあああ……」

卓也に命じられるがまま美園は腰を落とし、ついにペニスを自らの意思で膣の中に呑みこんだ。

おもしろいほど潮を吹きつづけた胎肉は、たっぷりの潤みに満ちている。

飛びこんだ亀頭は快適なすべりで奥へ奥へと埋没し、ついには根もとまで女講師の中に沈んだ。

「さあ、自分で動いて」

向きあう格好になった可愛い熟女に、卓也は言った。美園の白魚の指は、卓也の肩に乗っている。

「ハアァン、鈴原さ――」

「ほら、動いて。動いてってば」

「うああ。うあああ」

……ぐぢゅる。ヌチョ。グチャ！

「くおお……先生、気持ちいい……」

「アン、いやン。んっはぁ……」

卓也があおると、美園は恥じらいながらもカクカクと腰をしゃくりはじめた。腹についた肉をプルプルとふるわせ、いやらしい動作で前へ後ろへと尻を振る。

美園がペニスを膣奥深くまで迎え入れるたび、やわらかそうな腹に横一線のスジができ、腹の肉がぽっこりと盛りあがった。

美園が尻を向こうへやるとスジが消え、引っこんだ腹が苦しそうにふくらんだりへっこんだりする眺めにも、なんとも言えない猥褻さが感じられる。

熟女が卑猥な反復運動をくり返すたび、大きな乳がたっぷたっぷと重たげに揺れた。キュッとしこった丸い乳芽が虚空にジグザグのラインを描く。

「あっあっ、あはあぁ、鈴原さん……どうしよう……ねえ、誰にも言わないで……お願い、誰にも言わないで！」

「言うもんですか。美園先生がほんとはこんなに欲求不満で……スケベな人妻だなんてね！」

「うっあああああ」

濡れた両目で哀願する熟女に言うや、卓也は汗ばむ裸身を抱えてベッドに仰臥した。美園は卓也に覆いかぶさってくる。卓也は肉感的な裸身をかき抱くや、怒濤の勢いでピストン連打をお見舞いする。

――パンパンパン！　パンパンパンパンパン！

「ハッヒイィン。ああ、気持ちいい。それいいの、鈴原さん。もっとして。もっともっと。うあああ」

生殖器の中をほじくり返される快感に、美園はもはや狂乱状態だ。いつも教室で見せる愛くるしさは影をひそめ、たやすく他人には見せないはずの牝としての本性をあますさらす。

「くう、先生。こうですか、ねえ、こう？　亀頭、奥に刺さってますか？　そらそら」

……バツン、バツン。

「うああ。刺さってる。奥にいっぱい刺さってる。ねえ、お尻たたいて」

「えっ」

「たたいて。いけない女だって叱って。夫がいるのにって。ねえ、鈴原さん。お願いよう」

「ぬ、ぬう……い、いけない人だ！」

この人もかと思いながら、卓也は今日も片手をあげ、美園の尻をほどよい力で平手打ちする。

——パアァァン！

「あああ。も、もっと。ねえ、もっとおお。言葉もちょうだい。ねえ、言葉もおお」

軽くお尻をひと張りしただけで、美園は興奮のボルテージをあげた。

背すじをのけぞらせ、あんぐりと開けた口から唾液の飛沫を飛びちらして吠えるや、尻を振り、はしたないねだりごとを口にする。

卓也は、こういう女性が大好物になっていた。

「だ、だんながいるのに、他の男のチ×ポをマ×コに挿れちゃって。このスケベ。可愛い顔をして、ほんとはチ×ポが大好きなんでしょ！」

――パッシイィン！

「ンッキャヒイィ。ご、ごめんなさい。ごめんなさい。だってあの人がちっともかまってくれないから。私だって寂しいのに、ちっとも愛してくれないからあああ」

「美園先生……」

「お、犯して。いやらしい私をいっぱい犯して。ああ、奥、気持ちいい。奥。奥、奥、オグゥ。うあああああ」

「ああ、美園先生！」

――パンパンパン！　パンパンパンパンパン！

「ひはあああ。アァン、鈴原さん。すごい。すごい、すごい、すごい。あああああ」

「はぁはぁ。はぁはぁはぁはぁ」

どんなにアヌスをすぼめても、もはや限界だった。

カリ首と膣ヒダが擦れるたび、腰の抜けそうな電撃が股間から脳へと突きぬける。あらがいがたい射精衝動が、じわり、じわりと大きなものになる。

(も、もうだめだ!)

「くう、先生……」

力の限り、汗まみれの裸身を抱擁した。たわわな乳房が身体と身体に挟み撃ちされ、クッションのようにはずんでいる。

勃起した乳首が卓也の胸に食いこんだ。美園が本気の吠え声を上げるたび、卓也の身体が振動で揺れる。

「あっあっあっ。うっあああ。だめ、イッちゃう。鈴原さん、イグゥ。イグイグイグッ。イグイグッ。うああ。うあああああ」

「先生、出る……」

「あっあああっ! ああああああっ‼」

——どぴゅっ! びゅるる! どぴどぴどぴぴっ!

卓也は絶頂に突きぬけた。押しよせるエクスタシーの荒波にはじき飛ばされ、中空高く撃ちだされたような心地になる。

（気持ちいい）

上下の感覚さえなくしたかのような無の心地。

なんだかひたすら気持ちがいい。

どうしてこんなにいいのだろうと思ったら、陰茎が何度も脈動し、咳きこむ勢いで精子を吐きだしていることに気づく。

「ハアァ……入ってくる……鈴原さんの、精液……こんなに……いっぱい……」

「美園先生……」

美園もいっしょに達したようだ。

卓也にしがみつき、乳首を彼に食いこませたまま何度も裸身を痙攣させる。

（うわあ……）

ひくついているのは身体だけではなかった。

陰茎を呑みこんだままの胎肉も不随意に痙攣する。射精途中の男根を思いがけない強さで絞りこむ。

甘酸っぱい快美感が肥大した。

卓也はどぴゅどぴゅと、さらに激しい勢いで、粘り気たっぷりの精弾を膣奥深くに射精する。

「い、いや……恥ずかしい……こんなに、感じちゃって……」

美園はまだなおアクメの余韻に浸りながらも、恥ずかしそうに卓也の首すじに顔を埋めた。

湿り気と熱気に満ちた甘い吐息に、ふわりと鼻面(はなづら)を撫でられる。

「……いい音色でしたよ、先生」

「ばか。鈴原さんのばか。はうう……」

卓也がささやくと、美園は困ったように身体を揺さぶり、かわいい声でうめく。

卓也はそんな女講師をあらためて抱擁した。美恵子さんの心臓は少しずつ、拍動の感覚を緩やかなものに変えはじめた。

第五章　あこがれ艶女に突入

1

「たしかにこの頃、前より少しよくなったとは思う。思うわよ、鈴原くん。でもね」

美しいその人は、切れ長の両目をいくぶん潤ませて卓也を見た。

「は、はあ……」

「まだ全然足りない。ようやく六十点か七十点ってところかしら」

「六十点……」

いつも厳しい上司だが、今宵はいつにも増して厳しかった。卓也は肩を落とし、今にもため息さえつきそうになりながらその人を見る。

松枝紗耶香（まつえださやか）、三十六歳。

スマートフォン向けアプリの開発を主業とする卓也の会社で、営業部第一課課長として部下たちを牽引する独身のキャリアウーマンだ。

紗耶香は会社の花形部門とも言える営業部第一課で、やり手の部下たちを統率して辣腕をふるっている。

なぜゆえここが花形部門かといえば、会社の主力商品であるスマホ向けアプリの営業を一手に担っているから。

配属される社員たちも、当然未来の幹部候補生ばかり。聞けば誰もがみな、めまいがしそうな国内外の一流大学を卒業している。人に誇れるような大学など出ているわけではないのは、卓也の知る限り彼一人である。

(だからなんだろうな)

うなだれて紗耶香の話を聞きながら、卓也はそう思う。

これで文句を言わせないほど実績をあげられているのならともかく、今のところ今期もたいした営業成績ではない。

そんな卓也に説教をするべく、紗耶香からマンツーマンであれこれと言われることもしかたのないことだと思っている。営業成績への劣等感が、学歴コンプレックスをさらに甚大なものに変えている。

今夜は終業後、めずらしく営業部第一課の飲み会が行われた。

忙しい面々がなんとか週末の時間をやりくりし、会場の高級居酒屋に集合して、さらなる奮闘を誓いあった。

飲み会には、紗耶香も参加した。

しかも二次会にまでつきあった。

そしてその結果、紗耶香は珍しく酔っぱらい、

——鈴原くん。私、今夜はきみに説教するんだから。

と宣言した。こうして卓也は、紗耶香とふたりだけの三次会にまでなだれこむこととなったのである。

二次会はカラオケルームだった。

だが三次会は、庶民的な路地裏の居酒屋だ。意外なことに、紗耶香はここをひとりで利用することもあるという。

そろそろ終電を気にしなければならない時間になっていたが、狭い店内はにぎやかだ。ほうぼうから酔漢の陽気な声があがっている。そうした酒場ならではの喧噪の中で、酔った紗耶香も酔客たちに負けじと声を張りあげる。

「そう、六十点か七十点。がんばってはいるけど、私としてはまだまだ不満」

「申しわけありません……」

卓也はシュンとしてうなだれた。

年齢は四歳しか違わなかったが、会社での立場は月とスッポンほども違う。言うまでもなくこの人もまたエリートコースをばく進する未来の役員候補のひとり。出身大学を聞いたときは、驚いて椅子から転げ落ちそうになったほどだ。

そんな非の打ちどころのない学歴に加え、完璧とも言える会社での実績。スマートフォン向けアプリをここまでの人気商品にしたのは、まちがいなく紗耶香の力が大きかったものである。

言うことも言うが、それ以上に結果を残してきた。そうした課長のダメ出しに、反論の余地などあろうはずがない。

たしかにこの頃、卓也の営業成績は右肩上がりになってきてはいる。それもこれも一念発起して始めた習い事のおかげであることはまちがいなく、卓也は少しずつ自信を持ちながら仕事を続けていた。

だが、そもそも今までが悪すぎた。

現在六十点か七十点ということは、これまではおそらく四十点か五十点程度の出来だったということ。

自覚があるだけにぐうの音も出ない。最近少しずつ調子づきはじめていただけに、あこがれの女上司から叱責され、卓也は気持ちが萎えた。

あこがれの――。

そう。

紗耶香は卓也のあこがれの人だ。

彼我の差がありすぎ、あこがれること自体恥ずかしいし身の程知らずだとは分かってはいるものの、長いことあこがれているのは事実なのだからしかたがない。

紗耶香のことを知ったのも、意識しはじめたのがいつだったかも、鮮明におぼえている。

紗耶香は卓也が新入社員として入社し、二週間ほど体験した新人研修合宿のとき、グループの指導員としてサポートしてくれた先輩社員だった。

同じグループになった同期の男性社員たちは、みな色めきたった。才色兼備、天が二物も三物も与える人というのは本当にいるのだなと、紗耶香をひと目見るなり、卓也も心うばわれた。

紗耶香の周囲だけ、花が咲いたようにいつでもパッと明るくなった。人並みはずれているのが容姿の端麗さだけでなく、頭脳もまたとんでもなく優秀であることもすぐに分かった。

紗耶香に恋人はいないという情報を、誰かがつかんだ。

それをきっかけに、短い研修期間の間にグループの内外を問わず、何人かの男性社員がアプローチをした。

だがみながみな、みごとに討ち死にをした。

それでも紗耶香があきらめられず、当たって砕けた連中は仲間たちの前で、未練がましく紗耶香を称賛した。

我ここにありと紗耶香に挑んでいくのは、キャリアにもビジュアルにも自信たっぷりの若者ばかりだった。

しかし紗耶香はいつもクールな物腰で、誘いをかけてくる新入社員の男たちに冷や水を浴びせた。

もちろん卓也は、紗耶香にモーションなどかけはしなかった。はなからあきらめていた。

自分のような小市民からしたら、紗耶香はまさに雲の上の人。幸運にもその後、紗耶香が所属する同じ課の一員として働けるようになったが、おぼえる距離感はそのままだった。

いや、むしろさらに開いたと言ってもよい。

出世コースをひた走るエリートぞろいの課にどうして自分のような人間が配属されたのか分からなかったが、紗耶香をはじめ、周囲にいる社員たち全員と、卓也は圧倒的な距離を感じた。

そして、経理部にいた女性と恋人の関係になってからは、紗耶香のことを考える機会はまったくなくなった。

だが、たとえそういう一時期があったにせよ、紗耶香がつねにあこがれの存在であったことは卓也だけの秘密である。

「そもそも鈴原くんってね、お客さまの前に出ると……」

（めちゃめちゃ説教されてるし、俺）

自分にあれこれとダメ出しをする女上司をチラチラと盗み見ながら、卓也は肩を落とした。

数々の習い事が功を奏し、いくぶん自信を持てるようになりはしたものの、しょせん焼け石に水か。ハイスペックぞろいの我が課において、卓也がお荷物である事実は変わらない。どうして今に至るまで、人事異動の対象になっていないのか、正直よく分からなかった。

（きれいだなあ、紗耶香さん）

卓也は心が折れないよう、いつしか聴覚のボリュームをかなりしぼっていた。酔いのせいで、鈴を転がす音色にも似た紗耶香の声が頭の中でぐわんぐわんと反響してはいるものの、もはや意味をなしてはいない。

卓也はこっそりと紗耶香を見た。

色白の小顔は形のいい卵形。ほどいたら背中までとどく長い黒髪をアップにまとめ、ポニーテールにしている。

すっと鼻筋が通っていた。アーモンドの形をした両目が、いつものように卓也を見つめている。

清楚さと凜々しさの両方を感じさせる美貌は、どこか少女のような愛らしさも持っている。女子大生時代、ファッション誌の読者モデルをしていたという噂もあるが、さもありなんという感じである。

手足が長く、スタイルはまさにモデルのよう。

今日は紺のスーツスカートにホワイトシャツというそっけない出で立ちだが、こんななんの変哲もないファッションでも、この人が装うと、とたんに濃厚な艶とイノセントな可憐さが増した。

（それに、おっぱいも大きいし）

卓也はチラッと紗耶香の胸もとに視線を向ける。

おそらくGカップ、九十五センチ程度はあるはずのたわわな豊乳。スタイルはスレンダーもいいところなのに、乳だけは治外法権の大きさだなんて、神様はなんといたずら好きなおかたであろう。

（あれ……ていうか）

ふと気づいて、卓也は眉をひそめた。

さすがに今夜の紗耶香は、いささか飲みすぎではないだろうか。しばらく聴覚のボリュームを下げていたため気がつかなかったが、珍しく呂律が怪しくなってきている。見ればその目も一気にとろんとしてきていた。

「さ、紗耶香さん。大丈夫ですか」

卓也は身を乗りだし、対面に座る紗耶香に聞いた。

「大丈夫かはこっちのセリフよ。もう、しっかりしてよね、鈴原くん。ひっく。あ、あれ……？」

呂律の怪しさは激しさを増し、ついにはしゃっくりまで始まった。紗耶香は首をひねりつつ、いちだんと眠たげな顔つきになっていく。

もうここまでだろうと、卓也は思った。

紗耶香の説教がいやなのではない。説教だろうとなんだろうと、こんな風にいっしょにいられるのは、ある意味幸せ。だが紗耶香がここまで酔ってしまっては、もうお開きにするしかない。

「お会計、すませてきます」

卓也は財布を手に、勘定をすませてしまおうとした。

ついでにタクシーを呼んでもらい、紗耶香を乗せて別れようと考えている。時間をたしかめると、卓也のほうはなんとか終電に間に合いそうである。

「ねえ。今夜泊めて、鈴原くん」

するとユラユラと小顔を揺らしてうなだれながら、珍しく酩酊した紗耶香が言った。

「えっ」

卓也は驚き、動きを止めて目を見ひらく。

「紗耶香さん」

「泊めて。私、酔っちゃった。こんなに酔った女をひとりで帰すなんて、できないわよね」

「いや、でも……」

「泊めてね。決まり」

もう一度、断言するように紗耶香は言った。とろんとした目つきのまま顔をあげ、立ちすくむ卓也を見あげて口を開く。

「まだまだお説教、全然終わってないんだから。ひっく」

2

朝の硬い日差しが斜めから差していた。

（頭、痛い……）

紗耶香はこめかみに手を当て、うめきながら目を閉じる。だるさのせいで重くなった上半身を起こし、まぶしさに目を細めてあたりを見た。

長い黒髪がサラサラと肩を流れて頬に触れる。細い指で髪をかき上げ、紗耶香はふうとため息をつく。

木造アパートであろうか。洋室のワンルームらしき、ささやかな部屋。部屋の一隅にシングルベッドが置かれている。紗耶香は今、そこにいた。あとはノートＰＣの載せられた仕事机や書棚があるだけの、殺風景な部屋である。

（……どこ）

痛む頭を持てあましながら、紗耶香は部屋の中を見まわした。

ふと、視線が止まる。

部屋の片隅に、クラシックギターが立てかけられていた。

しかも壁には、何枚かの書道作品が無造作に貼られている。

なかなかの腕前だ。少女時代、紗耶香も書道を習っていたことがあるのでよく分かった。もしかして卓也は書道が趣味なのか。それと、もしかしてギターも……。

「えっと……」

紗耶香は昨夜の記憶をたどった。

いつになく酒を飲んだことはおぼえていた。

酔った勢いで三次会にまでなだれこみ、たしか自分は鈴原卓也を相手に、ガミガミと説教をしたのではなかったか。

だが、そこから先の記憶はあいまいだ。萎縮する卓也を相手に、言いたいことを言っていた記憶も途中まで。どんな形で決着したのか、そしてそこから先どうなったのかも、まったくおぼえていない。

（ていうか……このパジャマ）

紗耶香は自分が着ているパジャマに気づいた。どうやら男物のよう。女の自分が着るにはいささか大きすぎるサイズである。

（もしかして）

いやでもその可能性にたどりつく。最後にサシで飲んでいたのが卓也である以上、ここが卓也の住居である確率はことのほか高い。

（なんか、しでかしてないわよね、私）

とたんに不安が増した。

酒は強いほうではある。だが酒量が一線を越えてしまうと、記憶を失ってしまうことがときどきあった。

そんな自分がいやで、いつも適量しか飲まないようにしているのだが、昨夜はつい、限度を超えて飲んでしまった。

それもこれも、相手が卓也だったからだ。

「……いい匂い」

食欲をそそる香りがしていることに気づいた。小さな音が、引き戸で隔てられた隣室からしていることにも気づく。

時間をたしかめる。まだ八時前。

ベッドから下りた。どうやら外は快晴のよう。レースのカーテンを開けると、すぐそこに小さな公園が見える。

音のするほうに近づいた。引き戸の取っ手に指をかけ、そっと横にすべらせる。

「あ、おはようございます」

小さなダイニングキッチン。

シンクの前に、食事の準備をしているらしい卓也がいた。エプロンをつけ、てきぱきと動くその姿は、意外に様になっている。

「お……おはよう」

なんとなく気まずくなり、紗耶香はぶっきらぼうにあいさつを返した。

ふたたび目が合う。本能的に視線をはずしてダイニングテーブルを見ると、これまた意外や意外、独身男性とは思えないしっかりした朝食が用意されている。

オムレツにベーコン、サラダ。

ヨーグルトまで添えられている。

「紗耶香さん、スープもできました、どうぞ。今トースト、焼きますね」

卓也はにこやかに笑いながら、シンクから移動する。

どうやらスープの用意をしてていたところだったらしい。おいしそうな湯気をあげるふたつのカップを、トレイに乗せてテーブルに運んでくれる。

「あ、あの、ごめん……なにか手伝うこと――」

「ないです、なにも。さあ、どうぞ」

申し訳なくなって言うと、卓也は陽気な笑顔とともに言い、もう一度紗耶香をテーブルにうながした。

「ごめん……」

紗耶香はぎくしゃくと、卓也に勧められた椅子に腰を下ろした。

湯気を立てるカップの中を見た紗耶香は、またしても意外な感想を持つ。

かなり本格的なスープ。ジャガイモとニンジンに、キャベツとアスパラガス、さらには鶏肉まで入っている。卓也がこんなものを作れるとは思ってもいなかったため、ついきょとんとした。

「なんだか……すごい本格的ね。いいのに、こんなこと、しなくても」

卓也は着替えをすませて働いているのに、こちらは寝起きのままであることにも居心地の悪さを感じ、紗耶香は言った。

「えっ、だってこれ、紗耶香さんのリクエストですよ」

すると、卓也は笑って答える。

「えっ。うそでしょ」

「うそじゃないです。朝飯は洋食で、こんな感じがいいって昨日言われたので、用意したんです」

「ご、ごめん」

自分の顔が熱くなるのが分かった。ぼんやりと昨夜の記憶がよみがえる。多分、タクシーの中。酔った紗耶香はぐったりと、隣に座る卓也にもたれかかり、彼の質問に答えていた。

なにを聞かれ、どう答えたのかはおぼえていない。だが、たしかに朝は洋食が好み。卓也の言うとおり、図々しいねだりごとをしてしまった可能性は高い。

「とんでもないです。料理はきらいではないんで。といっても、まだまだ勉強中なんで味の保証はできませんけど、よかったら」

卓也はトーストの準備をしながら笑った。

「ありがとう。いただきます」

(勉強中……)

相変わらず意外な思いを抱きながら、紗耶香は勧められるがまま、まずはスープを口に運んだ。

「――っ！　お、おいしい……鶏ガラスープ？」

「ですね」

トースターで食パンの焼ける音がした。

卓也はふたり分のトーストを食卓に運ぶ。エプロンをはずし、対面に座った。向きあう格好になったが、紗耶香は卓也と目を合わせられず、料理に夢中なふりをする。

いや、「ふり」ではなかった。

紗耶香はけっこう本気で、卓也の作ったスープに興味をおぼえている。

「おいしいわね、この鶏ガラスープ……どこの製品？」

得も言われぬ甘みとコク、ほどよい塩気に感心しながら紗耶香は聞いた。スープに濁りはなく、澄んだ色をしている。

「製品っていうか……鶏ガラです」

「は？」

照れくさそうに、卓也は言った。紗耶香は眉をひそめて卓也を見る。

「鶏ガラって？」

「だから……鶏ガラを煮こんでスープを作りました」

「えっ、ええ？」

つい大きな声が出てしまう。紗耶香は口に手を当て、目を見ひらいて卓也を見た。

「鶏ガラを煮こんでって……」

「使おうと思って買ってあった鶏ガラがあったものですから、ちょうどいいやと思って。やっぱり本物の鶏ガラから取ると、味のコクや深みが全然違いますから」

「そ、それはそうかもだけど……煮こんだって、どれぐらい煮こんだの」

「三時間ぐらいですかね、だいたい」

「さ――」

紗耶香は言葉もなく、卓也を見た。

(ば、ばか)

ついキュンと、甘酸っぱく胸がうずいた。ますます顔が熱くなるのが分かり、あわてうつむき、卓也が作ってくれたスープの具を口に運ぶ。

(ほんとにおいしい)

紗耶香は卓也の鶏ガラスープに感動している自分に気づいた。

初めて出逢ったときから気になっている年下の男性。その男性とふたりきり、こうしていられるだけでもうれしいのに、それ以上とも言えるこの大きなうれしさはいったいなんだろうとぼんやりと思う。

そして、気がつく。

やはり卓也は、とんでもなくかわいい。三時間も煮たというが、それではいったい、何時から起きて朝食の準備をしてくれたのだろう。

昨夜はあまり寝る時間がなかったのではないだろうか。

思いのほか美味な朝食に感激しながら、紗耶香は卓也とぎこちなく会話をした。

酔った自分は相当わがままだったようだ。

家に泊めろと言って聞かず、帰宅途中にはタクシーを停めさせ、コンビニエンスストアで下着やアメニティグッズを時間をかけて買った。

卓也の家に来るなり風呂を用意させ、酩酊しているにもかかわらず、ひとりでのんびりと歌を歌いながら入った。

パジャマもベッドも自分から卓也に要求したらしい。

そのため卓也はこのダイニングで、寝袋を使って数時間を過ごしたあと、朝食のしこみに入ったようだ。

なんというパワハラ上司であろうかと、紗耶香は頭を抱えたくなった。

聞けば卓也はしばらく前から、料理など、いろいろな習い事を始めたのだという。

変わらなければという一心からだったと、卓也は言った。

「ねえ、私……」

ちょっと心配になって紗耶香は聞いた。

「なにか……変なこと、言っていなかった？」

「は？　変なことって」

「いや、だから……」

完全に理性のたががはずれていたらしい自分が不安になって聞いたが、卓也はきょとんとするばかり。

ならば、幸いにも自らの心の内をさらすようなことはしなかったようだ。本当に不幸中の幸いだったと、紗耶香はひそかに安堵する。

新入社員の合宿研修で会ったときから、意識していた。

学歴的にも容姿的にも、居並ぶ同期社員の男性たちと比べたら見劣りするものはたしかにある。

だが、それは理屈の世界の話。

自分が卓也をかわいいと思ってしまうことは紗耶香にとっても意外だったが、同時に「そうか、私はこういう男の子が趣味だったのか」と気づかされた部分もある。

自信たっぷりに紗耶香に近づいてくるような男性には、まず十中八九惹(ひ)かれない。

彼らの放つ、ナルシスト的な自信につきあいきれなかったし、幼い頃から異性にチヤホヤされ続けてきた紗耶香にしてみれば、そうしたアプローチは日常の一部。ドキドキすることなど、いつしかまったくなくなっていた。

むしろ、うっとうしい。

それよりも、自信なさげに弱々しく微笑み、まぶしそうに自分を見てくれる卓也のような男性に母性本能をくすぐられた。

こちらも攻めこもうとする相手にあわせ、武装する必要などまったくなかったから。気楽で、なんだかとてもかわいくて、愛(いと)おしかった。

もちろん卓也の中に、彼自身ですら気づいていない能力の芽を感じたことも大きい。会社の上層部に強く進言し、卓也を花形部門である自分の課に引き入れたのも、じつは紗耶香であった。

だから、卓也が経理部の女性社員と交際を始めたと知ったときのショックは大きかった。しかし自分は結局のところなにもできず、日々ガミガミと卓也を怒っていただけなのだから、しかたのないことだとあきらめた。

年齢的にも立場的にも、こちらからモーションをかけるにはさすがに気が引けた。プライドも邪魔をした。

その後卓也が恋人と別れたと知り、心の野原一面に久しぶりに花が咲いたような気持ちになったのは、誰にも言えない紗耶香だけの秘密である。

そうした中、卓也は少しずつ営業成績を上げはじめた。

どこがどうと言葉にこそできなかったが、卓也がそれまでとは異なる雰囲気を放つようになったことに気づいていた紗耶香は、内心のドキドキをひた隠すのにかなり気を使った。

それまでより、さらに魅力的に見えるようになったのは自分の気のせいにすぎないだろうか。

だが卓也になにかしらの変化があったことは、急にあがりはじめた営業成績が如実に証明していた。

しかし、はたしてそれがなんなのか分からず、悶々としている自分に、紗耶香は気づいていた。

そして、だからこそ昨晩は柄にもなく酔いつぶれ、その結果彼女は、運命に導かれるようにして、今ここにおり、卓也が変化した理由も聞き出した。料理をはじめとした習い事が、卓也に自信を持たせるようになっていたのであった。

(かわいい)

うっとりと目を閉じ、まだ熱さの残るスープをそっと喉の奥に流しこみながら、紗耶香は気持ちをほっこりとさせた。

自分のわがままに答えるために夜が明ける前に起きだし、何時間もかけてスープを煮こんでくれただなんて、なんとかわいいのであろう、長いこと気にし続けてきたこの年下の青年は。

（こら、そんなに鳴るな、ばか）

トクトクと、左の胸の奥で心臓が、滑稽なほど激しく打ち鳴った。こんなに鳴ったら卓也に聞こえてしまうのではないかと心配になるほどだ。

紗耶香はちらっと、上目づかいに卓也を見た。

卓也は自分の作ったモーニングのメニューを口に運んでモシャモシャと咀嚼しながら、ひとりでうなずいたり首をひねったりしている。

そんな年下の部下がかわいくて、もう一度紗耶香は胸をうずかせた。

「ねえ、ところでさ」

ふと思いだし、紗耶香は卓也に聞いた。卓也が動きを止めてこちらを見る。

そんな卓也に紗耶香は聞いた。

「鈴原くんって……ギターも弾けるわけ？」

3

「すごいわね……驚いた」

卓也がクラシックギターの演奏を終えると、紗耶香は感激した様子で拍手をし、うっとりした様子でため息をついた。

（紗耶香さん）

卓也はしみじみと思った。

習い事をしておいて本当によかったと。

料理にしてもギターにしても、また、先ほどこのワンルームに移動するなり紗耶香が誉めてくれた書道にしても、きっちりと師に就いて学んだからこそ身につけられたもの。もちろんそれは水泳も同じで、卓也は見目麗しき講師たちに、感謝してもしきれない気持ちになっている。

（それにしても）

今、卓也はベッドの端に腰を下ろしてギターを抱えていた。紗耶香はカーペットの床に座ったまま卓也を見あげている。

ギターについて、興味深そうにあれこれと聞いてくる紗耶香と話をしながら、卓也は昨夜のことをぼんやりと思いだした。

深夜のタクシー。

酔ってぐったりとしたまま卓也にもたれかかる紗耶香の肢体は熱く、そのしなやかな身体からは柑橘（かんきつ）系の甘い香りがした。

――鈴原くん、しっかりして。

眠気に負け、朦朧（もうろう）とした状態になっても、まだなお紗耶香は卓也を叱った。

卓也は恐縮した。

だがその直後、紗耶香はこうもつぶやいたのだ。

――私みたいないい女に、こんなに思われているのに。全然気がつかないって、きみってほんとにおめでたいね。ひっく。

（私みたいないい女に……こんなに思われている……）

呂律の回らない怪しい口調ではあったが、たしかに紗耶香はそう言った。

その言葉を聞くや、卓也は舞いあがった。もちろん、愛の告白にしてはかなりあいまいだ。「こんなに思われている」というのは、あくまでも新人時代から卓也を知り、今は上司として責任を持つ身にいる紗耶香としての、部下を気にかける思いを述べているに過ぎないのかもしれない。

かつての卓也なら「きっとそうに決まっている」と、勝手に結論を出してよけいな期待は抱かなかったに相違ない。

だが、もはや卓也は以前の彼ではない。

かわいくていやらしい素顔を持つ魅力的な講師たちのレッスンが、卓也をひとりの男として、いろいろな意味で成長させていた。

タクシーの中で耳にした、この人の言葉の真意を確かめずにはいられなかった。

もちろん、美しく聡明な女上司が、今でも別世界に住むミューズであることに変わりはない。

しかし卓也は、女神の暮らす難攻不落の要塞にも似た城郭の壁に、一条の亀裂が走っている事実に気づいた。

その亀裂を突破口に、城の内部へと侵入をはからずにはいられない。

「それにしても、いろいろとがんばっていたのね、鈴原くん」

ひとしきりギターや音楽の話をし終えると、感心した様子で紗耶香は言った。

パジャマの上から薄手のカーディガンを羽織らせている。紗耶香はくの字に曲げた長い脚を包みこむように両手で抱えていた。

　そんなリラックスした姿を見たことがなかった卓也は、今自分がとんでもなく特別な時間の中にいることを痛感した。

　だが、そうは思いつつ希求するのだ。

　もっともっと、この時間を特別なものにしてみたいと。

「いえ、そんな……お恥ずかしい限りです」

　いとしい人に誉められて照れくさくなりながら、卓也は言った。

「昨日紗耶香さんに言われたとおり、仕事のほうにはまだまだ活かせていませんし、自分なりの変化を、もっともっと日々の営業にも役立てていかなきゃいけないと思っています」

「あ……昨日は私も、ちょっと言いすぎたかもだけど」

「いえ、うれしかったです」

　いたたまれなさそうにする紗耶香に、ギターをもとの場所に戻して卓也は言った。

「尊敬する……ううん、違う……初めてお目にかかったときからあこがれていた、紗耶香さんにこんなに心配してもらえて」

「……え」

　ギョッとした顔つきで、紗耶香は動きを止めた。卓也はベッドから降り、カーペットの床に端座する。

「す、鈴原く――」

「分かっています、俺なんかがあこがれていい人じゃないって」

緊張した様子の紗耶香に、みなまで言わせず卓也は続けた。

「なにもかも違いすぎる。俺は、紗耶香さんを好きになっていいような男じゃありません。住む世界が違う」

「あの――」

「でも」

我知らず声の大きさと切迫感を増した。じわりと間合いをつめ、背すじをただしてあこがれのミューズと向かいあう。

「いやなら言ってください。ダメって言ってください」

「……え」

「俺……紗耶香さんを抱きしめたいです」

「――っ。鈴原くん……」

「これから抱きしめます。いいですか。いやなら言ってください」

「あっ……」

卓也は膝立ちになる。

一気に紗耶香に近づいた。

紗耶香は顔をそむけ、あきらかに身をこわばらせて小さくなるも、いまだ拒絶の言葉はない。

「紗耶香さん、俺みたいな男が好きになってすみません。突入します」

「あの――」

「いやなら、今言ってもらわないと間に合いません。抱きしめます。いえ……抱きしめるだけじゃすまないかもしれないです」

「えっ」

卓也の言葉に、紗耶香はとまどった。

「言ってください。抱きしめます。いいですか」

「あ、あのね――」

「もう遅いです」

「ああ……」

本当にいやなら拒む時間はあったはずだと、いいわけではなく卓也は思った。しかも紗耶香にやめてと言われたならば、本当にやめるつもりでも彼はいた。

だが、結果的に紗耶香はひと言も、拒絶の言葉を口にしなかった。

悲鳴も怒声もあげなかった。そして今、卓也は高嶺の花以外の何ものでもないその人を、自らの両手でかき抱いている。

紗耶香の身体は温かかった。

抱きしめてみると、想像していた以上に華奢で、小柄である。

「紗耶香さん……紗耶香さん」

我知らず、美しい女上司を抱きすくめる手に力が入った。

あふれ出す思いはいかんともしがたい。卓也はせつない気持ちをたっぷりとこめ、あこがれのミューズを抱きしめる。

「あああ……」

紗耶香は感極まったような吐息をこぼし、卓也にされるがままになる。

沈黙の時間がふたりを包んだ。

「……ほんとに……変わったわね、鈴原くん」

やがて、卓也に抱擁され、小顔を天に向ける格好になりながら、紗耶香は小声で言った。

「紗耶香さん……」

「ねえ、先生たちにどんなレッスンを受けたの？」

「えっ」

「だって……ほんとに変わったんだもの、きみ」

「……ひ、秘密です。んっ……」

卓也は紗耶香にキスを求めた。

「あっ……んああ……」

……ピチャピチャ、ちゅう、ちゅぱ。

（ああ、俺……紗耶香さんと、とうとうチュウを）

紗耶香のくちびるは熟れきった桃の果肉を思わせた。

ぽってりと肉厚。グイグイと口を押しつければ、おもしろいほど柔和にひしゃげ、弾力的に卓也の口を押しかえす。しかも果汁たっぷりの桃さながらに、たっぷり、ねっとりとジューシーに濡れている。

「ああ、紗耶香さん。んっんっ……」

「鈴原くん、むはあぁ……んっ……」

「好きです、紗耶香さん。いいですか。好きって言ってもいいですか。んっ……」

「ハアァン……」

……ピチャピチャ、ねろねろ、ちゅぱ。

紗耶香を求める接吻は、尻上がりに狂おしさを増した。

卓也は右へ左へと顔を振り、鼻息を荒げて紗耶香の口を吸う。いとしい人の口中に舌を差し入れようとする。

「はうう、鈴原くん……」

「し、舌ください、紗耶香さん。舌……」

「むはあぁ……」

紗耶香は卓也に求められ、ローズピンク色の舌をおずおずと差し出した。卓也は形のいい長い舌にピチャピチャと音を立て、おのが舌を擦りつける。

「んふぅ、んむふぅ、鈴原……くん……」

(ああ、気持ちいい)

まさか紗耶香とこんなことをできる日が来ようとは夢にも思わなかったと感激しつつ、卓也はベロチューの快感にうっとりと酔いしれる。

「あン、鈴原くん……んっんっ……恥ずかしい、んっ、ハアァン……きゃっ」

「はぁはぁ……紗耶香さん……」

卓也は自分を制御できなかった。

こらえがたい欲望が腰骨の奥から夏雲のように盛りあがる。体内いっぱいに淫らな激情が充満し、黒い煙さえあげそうだ。

あらためて紗耶香を抱きすくめ、白い首すじに口を押しつける。

「ハアァン、鈴原くん……だめ、きゃン、きゃン……」

(けっこう感じやすいんだな)

チュッチュとうなじに口づければ、紗耶香はそのたびに電極でも押し当てられたようにビクンとふるえ、少女のようにかわいい声をあげた。

いつも会社で見せる、できる女としての威厳が影をひそめ、乙女のような愛くるしさをあらわにする様にも、卓也は欲望を刺激される。

しかも——。

「紗耶香さん、いい香りがする……紗耶香の身体から。んっ……」

……ちゅっちゅ。ちゅぱ。ちゅう。

「アァン、いや……恥ずかしい……きゃん……いやだ、私ったら……きゃん……きゃん……んああ……」

紗耶香の肢体から香り立つ柑橘系のアロマは、確実に先刻までより成分濃度を上げていた。女性という生き物は、どうしていつもいい香りがするのだろうと不思議な気持ちになるが、紗耶香のアロマはわけてもかなりいい香りである。

卓也はフンフンと鼻息を荒げ、右の首筋から左の首筋へと、白いうなじにべっとりと唾液を塗りたくった。

「あァン、いや、恥ずかしい……ひゃう……ひゃう……」

紗耶香は卓也の責めに、派手に痙攣してしまう自分を恥じらいつつも、取りつくろうことができない。

うなじに接吻されるたび、ビクビクと身をふるわせて反応する。抜群の感度らしい肉体の敏感さにも、卓也は情欲をそそられる。

「来て、紗耶香さん、お願い……」

「はうう……鈴原くん……」

卓也は両手を引っぱり、床から紗耶香を立たせた。並んで立つと、卓也のほうが頭ひとつ分ぐらい大きい。

「紗耶香さんの裸が見たいです」

「えっ」

「僕も見せますから。ね、お願い。いいですよね」

「ちょ……あっ……」

ギョッとする紗耶香に四の五の言わせなかった。卓也は紗耶香の前でおのが身体からむしり取るように服を脱ぎ、下着ごとズボンを下ろす。

淫らな願望を満タンに満たした男根が、ししおどしのようにブルンとしなって紗耶香の眼前に屹立(きつりつ)した。

4

(お願い、熱くならないで)

紗耶香は泣きそうになった。意思とは関係なく火照ってしまう自分の顔を、卓也に見られることが耐えられない。

それほどまでに、紗耶香の体熱はさらにあがった。

目の前にさらされた卓也の裸身は、紗耶香の想像を軽々と凌駕するみごとな肉体美を持っている。

(引き締まっている。すごい)

チラチラと卓也を盗み見て、紗耶香は心中で嘆声をこぼした。

卓也の裸身は、三十過ぎの男としては見事としか言いようのないほど、スポーティな精悍さを見せつける。まさかいわゆる細マッチョな体型だったなんて、夢にも思っていなかった。

卓也は習い事のひとつとして水泳も学んでいると言っていた。

きっとそのせいなのだろう。見事に引き締まり、無駄な贅肉などどこにもない逆三角形の上半身。太腿やふくらはぎもほどよい筋肉の隆起を見せている。

卓也の肉体の思いがけない美しさに、紗耶香は甘酸っぱく胸を締めつけられる。

(どうしよう)

しかも紗耶香の視線は本能に導かれるように、異性の究極の部分へと向けられた。股のつけ根の繁茂から、天衝く尖塔さながらに、野太い一物がにょきりと反りかえっている。

決してけた外れの大きさというわけではないのかもしれない。だが、肉体そのものが放つワイルドな魅力も手伝ってか、卓也の男根は意外な野性味を見せつける。

幹の部分がどす黒く、パンパンに張りつめている。赤や黒の血管が、ゴツゴツと肉幹を盛りあげる様にも、牝の本能に訴えるたくましさが感じられた。

なにより目を見張らされるのは、凶暴に張りだす亀頭の眺め。松茸の傘さながらにカリ首を見せつけ、たまらず紗耶香は落ちつきをなくす。

「脱ぎました。今度は紗耶香さんです。脱がしますよ」

「あ、鈴原くん。ハァン……」

全裸になった卓也は堂々たるものだ。

ふたたび紗耶香に近づくと、やさしい手つきでまずはカーディガン、つづいてパジャマの上着を脱がせる。

卓也が動くたび、股間の屹立がブルンブルンといやらしく揺れる。

(恥ずかしい)

紗耶香はあらためて恥じらいをおぼえた。

オフタイムにはフィットネスクラブに通い、それなりの肉体管理はしてきたつもり。しかしそれでも、こんなにもたくましい、鍛えあげられた男性の裸身と対峙すると、臆すものを感じてしまう。

(ていうか、私)

紗耶香はあらためて気づいた。

恥ずかしい気持ちがあるのは事実だが、どこかで心をときめかせている。こんなことは卓也には言えないが、おぼえるコンプレックスすら妙に心地いい。

ときには理性をかなぐり捨て、暴走してみるのもいいものねと、泣きたくなるような歓喜とともに思っている自分がいた。

ずいぶん久しぶりに、男によって裸にさせられている。だが、脱がされることがこんなに幸せに感じられるのは、今回が初めてかもしれない。

(好きにしていいよ、鈴原くん)

卓也にパジャマを脱がされ、ブラジャーとパンティだけの姿になりながら紗耶香は思った。

(恥ずかしい私……みんなきみに、見せてあげる)

5

「おお、紗耶香さん……」

神々しくもエロチックな眺めに、卓也は恍惚としながらついつい見とれた。

紗耶香は卓也の手で、パンティ一枚だけの扇情的な姿に剝かれている。

窓から射しこむ日差しはまだ午前中のみずみずしさ。

硬い陽光にさらされる三十六歳の女体は、熟女ならではのとろけるような熟れぐあいとともに、ひれ伏したくなるほどのスタイルの良さもあわせもっている。

手も足もスラリと長く、その肉体は完璧とも言える黄金比。コーラのボトルを思わせるセクシーなS字ラインを見せつける。

透きとおるような肌の白さは、搾りたてのミルクにちょっとだけ、今が盛りと咲きほこる桜のエキスでも加えたかのようだ。

しかもなにより官能的なのは、やはり胸もとに盛りあがるGカップの豊満なおっぱいだ。小玉スイカを思わせるふたつの乳房が、挑むかのような迫力で卓也に向かって突きだされている。

紗耶香の豊乳は、ただ大きいだけでなく形もいい。

しかも、乳先をいろどる乳輪と乳首は淡いピンク色。キュッと締まったサクランボのような乳首の周囲に、気泡のようなツブツブが浮いている。

残された下着は、股間に吸いつくピンクのパンティ一枚だけである。

「そ、そんなに見ないで、恥ずかしい……」

「紗耶香さん、お願いがあります」

恥じらいつつ、内股になって太腿をすりあわせる紗耶香に卓也は懇願した。

「こっちに背中を向けて、自分でパンティを脱いでください」

「ええっ？」

「お願いです、お願い」

「はうう……」

いやだと断られるかと思っていた。無理を承知でねだったが、紗耶香は意外にもぽっと顔を赤らめ、彼の言うことを聞こうとする。

足もとをもつれさせながら、卓也に背を向けた。

(おおお……)

感激しながら、卓也は床に腰を下ろす。

後ろから見ると、スタイルの良さがよけいに際立った。

逆三角のラインを描く上半身が、腰に向かって急激に細まり、えぐれるような細さをアピールする。

そしてそこから一転、はち切れんばかりの量感とともに、意外な大きさを感じさせるヒップがいやらしく張りだしている。

太腿の肉がフルフルとふるえた。ふくらはぎの筋肉がキュッと締まる。膝裏のくぼみにまで、匂いやかなエロスが感じられた。

「鈴原くん、私、恥ずかしい」

紗耶香はパンティの縁に指をかけた。

だが、やはり恥ずかしさはいかんともしがたいらしく、こちらに背を向けたまま、声をふるわせて言う。しかし卓也は許さない。

「お願いします。早く」

「ハアァ……」

「紗耶香さん、早く」

「くぅ……」

断固とした口調で重ねて懇願した。懇願と言いつつ、これはもう命令だ。

紗耶香は覚悟を決めたよう。エロチックなため息をこぼすと、指に力が加わる。

卓也に向かって尻を突きだした。いよいよあこがれの女上司は、尻からつるりと薄い下着を桃の皮のように剥く。

……スルッ。

「──うおおっ！　紗耶香さん」

「ああ、いやあ……見ないで、見ないで……んっああ……」

……スルッ。スルスルッ。

(うおおっ！　うおおおおっ！)

卓也は歓喜の吠え声をあげそうになった。それほどまでに、目の前に現出した官能的な光景は眼福もののいやらしさだ。

誘うかのように突きだされる大きな尻は、まるでもぎたての水蜜桃のよう。得も言われぬ丸みとボリュームを見せつけ、圧倒的な猥褻さで、卓也の理性など完全に粉砕する。

紗耶香は前かがみになり、さらにパンティを下ろそうとする。

（おおおっ……たまらない！）

まん丸な尻肉がぱっくりとふたつに割れ、尻の谷間が露出した。

卓也の目に飛びこんできたのは、しわしわの肉のすぼまりだ。その部分だけが淡い鳶色をしており、見られることを恥じらうように、ヒクン、ヒクンと収縮と弛緩をくり返す。

「おお、紗耶香さんのお尻の穴……お尻の穴……紗耶香さん！」

「きゃあああ」

もうだめだと卓也は思った。

思いながら動いていた。

脱兎のごとく床から飛びだすと、紗耶香の尻にむしゃぶりついた。

パンティを脱ぐ途中だった熟女の両脚をかき抱く。尻の谷間におのが顔面を押しつけて、舌でねろねろと肛門を舐める。

「あっああ。いや、鈴原くん。そんな、恥ずかしい、だめ……あっあっ……」

「紗耶香さん、大好きです。ああ、紗耶香さんの肛門。肛門、肛門。んっんっ……」

……ピチャピチャ。ねろねろ、ねろん。

「ふわあ、ああ、どうしよう、恥ずかしい。恥ずかしい。でも……あっあっあっ」

（紗耶香さん……）

舌に擦れるアヌスのしわの凹凸を快く感じながら、卓也は夢中になって肛門を責め立てた。

紗耶香の尻の谷間はわずかに湿り、耽美な秘めやかさを感じさせる。

自分のようにたいしたこともない男が、男性社員たちがあこがれる高嶺の花の女性のアヌスを舐めることができている事実に、どうしても非現実感が増す。

「あっあっ、あン、いやん。どうしよう。ふわ。ふわあ」

「はぁはぁ……紗耶香さん……」

その上、卓也をさらに駆り立てるのは、やはり相当敏感らしい紗耶香の反応だ。

舌を刷毛（はけ）のようにして、ねろん、ねろんと尻の谷間を舐めあげるたび、またしてもビクビクと肢体をふるわせ、自分から卓也に尻を擦りつけるような真似までする。

「ああ、紗耶香さん。たまらないです」

卓也は紗耶香の脚を抱えこみ、フガフガと間抜けな鼻息を漏らしながら、なおも舌を踊らせて紗耶香の秘肛を舐めたてた。

「んああ、ふはぁ、鈴原くん、恥ずかしい……あっあっ、あっはぁ、ふはあぁ……」

「くぅ、紗耶香さん」

「ああぁ……」

いよいよ卓也は、紗耶香への責めを本格化させる。紗耶香の尻から顔を離すと、舌と熟女の尻の間に太い唾液の糸が伸びた。

「す、鈴原くん。あはぁ……」

「はぁはぁ。はぁはぁはぁ」

紗耶香から完全にパンティを脱がせると、卓也は全裸の上司をエスコートした。

ベッドに四つん這いにさせる。

自らは床にとどまり、這いつくばる紗耶香の背後に膝立ちになる。

「おおお、紗耶香さん……」

声にした言葉は、たまらずうわずり、ふるえていた。まさか紗耶香のこんな姿をこの目にできる日が来ようとはと、自分の身に起きた僥倖(ぎょうこう)が信じられない。

見るがいい。

男性社員たちから憧憬のまなざしで見つめられるやり手のキャリアウーマンが、こちらに向かって恥も外聞もなくヒップを突きだしている。

尻の谷間はおろか、もっとも恥ずかしい部分までもが、あますところなく卓也の視線にさらされた。

ふかしたてのまんじゅうのように盛りあがるヴィーナスの丘は、今にも湯気をあげそうなほかほかした感じ。猫毛を思わせる栗色の恥毛が、申し訳程度に秘丘の一部に身を寄せあって生えている。

だがその繁茂量は少なく、白い地肌が透けて見えている。

（ああ、いやらしい）

卓也は万感の思いで、とうとう目にできた紗耶香の恥肉に視線を釘付けにする。

蓮の花を思わせる形をした陰唇は、かなり小ぶり。すでにくぱっと開扉され、小陰唇のビラビラが、大陰唇を左右に追いやっている。

露出した粘膜の園は充血し、ローズピンクのような色合いになっていた。

淫肉の内部は、すでにとろとろの蜜でいっぱいだ。

粘膜下部で膣穴があえぐようにひくつけば、にぢゅ、ぶちゅちゅちゅと卑猥な汁音を立て、新たな粘液がしぼりだされる。

蓮の肉花の縁から、あふれた汁が糸を引いて粘り伸びる。

「紗耶香さん、もうこんなに……ねえ、興奮してくれているんですか。んっ……」

卓也は感激しつつも、そんな想いを責めの道具にして紗耶香に挑みかかる。

両手で尻肉を鷲づかみにして固定すると、卑猥な汁を分泌させる蜜園に、口をすぼめて吸いついた。

「うあああ。ハァン、鈴原くん」

「興奮してくれているんですか。答えて、紗耶香さん、んっんっ……」

……ちゅうちゅう。ぶちゅ、ちゅぶっ。

「あああ。ああああああ。だめ。だめだめ。そんなことしちゃいやあ。あああ」

わざと品のない音を立て、陰唇内に溜まっていた蜜をすすりこみ、舌でねろねろと粘膜湿地を舐めたてる。

「あっあああ。あああああおおう」

(さ、紗耶香さん)

もっとも感じる部分に雨あられとばかりに舌の責めをくり出され、紗耶香は彼女とは思えないほど取り乱し、色っぽい声であえぐ。

「紗耶香さん、好きです。こんなことしてごめんなさい。大好きです」

「ああああ」

卓也はクンニリングスをしながら、人差し指を尻の穴に伸ばした。

ソフトなタッチでほじほじと肛門をほじれば、紗耶香はいっそう激しく乱れ、狂ったように尻を振る。

「はぁはぁ……紗耶香さん、愛してる。だからです、だからいやらしいことがしたくなる。ねえ、紗耶香さんは？　紗耶香さんは感じてくれていますか？」

……ちゅうちゅう、ピチャピチャ、ねろねろねろ。

「ハッヒイィン。あああ、鈴原くん、困る、どうしよう。あああああ」

……ほじほじほじ。ほじほじほじ。

「ねえ、感じてくれてますか？　そらそらそら」

「あああ。ああああああっ！」

——ブシュッ！　ブシュブシュ！

「ぷはあ。おお……紗耶香さん……」

「いやあ、見ないで、見ないでよう。ああああああ」

「ぷはっ、すごい……」

するとこ紗耶香の膣穴から、まるで失禁のような勢いで潮吹き汁が噴出した。思いがけない一撃を被弾した卓也は、息苦しさに負け、紗耶香の膣から顔を離す。

しかしそんな卓也の顔面に、さらに大量の潮がすごい勢いで襲いかかる。

「ぷっはぁ……おお、紗耶香さん、こんなに潮を吹いて。気持ちいいんですね！」

「あああああ」

ふたたび卓也はひくつく淫肉にふるいついた。

怒濤の勢いで舌を踊らせ、膣穴のとば口をグリグリとやる。

アヌスをほじる指にもいちだんと嗜虐的なものを加え、尻の穴にちょっとだけ指先を挿入し、入口のぬめりをこそげるような責めをする。

「あああ、あああああ。やめてよう。やめてよおおう。感じちゃう。鈴原くん、そんなことをされたら感じちゃう。うああ。あああああ」

(すごい声)

紗耶香は聞いたこともなかったような声をあげ、膣とアヌスへの二点責めに、髪を乱して狂乱した。ほじる指におもねるように、全方向から肛門が卓也の指先を締めつける。舌の責めを受ける膣穴は、大事ななにかが壊れてしまったかのように、水鉄砲の勢いで、すさまじい潮を吹き散らかす。

「あああ。ああああああ。気持ちいい。鈴原くん、気持ちいい。もっとして。ねえ、もっともっと。あああ。あっあああああっ」

……ビクン、ビクン。

「紗耶香さん……」

もっとしてと哀訴しながら、紗耶香はこれ以上の快感に耐えきれなかった。

万歳の格好でベッドにダイブし、派手に裸身を痙攣させた。

6

「はぁはぁ……あン、どうしよう……痙攣……と、止まらない……ああ……」

「紗耶香さん……」

紗耶香は両脚をコンパスのように開いて投げだしていた。アクメによる痙攣はなかなかおさまらず、なおもビクビクと全身をふるわせる。

透明感あふれる美肌が紅潮し、薄桃色になっていた。無駄な肉のない、細い背中をはじめ、全身に汗の微粒がにじんでいる。

いつでもきれいにととのえられていた髪が、べったりと額や頬に貼りついていた。

この人の、こんな姿を目にすることができた男が、いったいこれまで何人いたのだろう。プラチナチケットを手に入れられた男の数は、相当少ないはずである。

「挿れますよ、紗耶香さん……」

「はぁはぁ……す、鈴原く……あはぁ……」

卓也はベッドに上り、突っ伏す女上司に身体を重ねた。

両脚を使い、紗耶香にさらに脚を開かせる。寝バックの体勢でひとつになろうと、猛る一物を手に取って、亀頭をワレメに押しつけた。

「ああ、紗耶香さん」

——ヌプヌプヌプヌプッ！

「あっははああ」

卓也は一気呵成に、最奥部まで肉棒を突きさした。そのとたん、紗耶香は背すじをUの字にたわめ、天にあごを突きあげてケダモノじみた嬌声をあげる。

（またイッた）

紗耶香の反応に卓也は浮きたった。ペニスに膣を貫かれた美熟女は、またしても裸身を痙攣させる。

（紗耶香さんをイカせた。俺が……俺のチ×ポが。おおお……）

今までおぼえたこともなかった全能感で、胸のすくような気持ちになる。その上、紗耶香の蜜壺は、持ち主が痙攣をするたびに、ムギュリ、ムギュリ、ムギュムギュと猛る極太を締めつけてくる。

「くぅ……紗耶香さん。動きますからね」

……バツン、バツン。

「あっはあぁ。す、鈴原くん。あっあっ。あっあっあっ」

へたをすると、何もしていないのに暴発してしまいそうだった。

卓也は寝バックの体勢でカクカクと腰をしゃくりだす。汗ばみだした紗耶香の身体に覆いかぶさり、性器と性器を擦りあわせる卑猥な悦びに恍惚となる。

……ぐちゅる、ぬぢゅる。

「あっあっ。うああ。うあああああ。ああ、奥。奥まで来る。鈴原くんのち×ちんが、奥まで。奥、奥ぅ。あああああ」

どうやら亀頭が、うまい具合にポルチオ性感帯をえぐりこんでいるようだ。

膣奥深く陰茎を挿入するたび、紗耶香は淫らにのけぞって、「奥。奥ぅ」とうわごとのように何度もあえぎ、艶めかしく身をよじる。

相当気持ちがいいのだろう。

紗耶香もまた、理性などなくなりはじめていた。

一度として見せたことのないいやらしい素顔をさらし、この人もまた、一匹のケダモノであることを教えてくれる。

「紗耶香さん、はぁはぁ……気持ちいい？」

とろけるような快美感に鼻の舌を伸ばしながら、必死にやせ我慢をして卓也は聞いた。狭隘な胎路はペニスを抜き差しするたび、数の子を思わせる無数のザラザラで、亀頭と棹を擦過する。

しかもこの数の子たちは、メカブ汁顔負けのヌメヌメぶり。

ねっとりとした潤滑油の液体をたっぷりとまとい、抜くときも挿れるときも、軽快なすべりを提供する。

肉傘とザラザラが窮屈にこすれ、火花の散るような激情がまたたいた。じわり、じわりとどうしようもなく、最後の瞬間が近づいてくる。

「あはあぁ、き、気持ちいい。気持ちいい。鈴原くん、いいの。好きにして。私のこと、きみの好きなようにして」

「——っ。紗耶香さん」

「見せてあげる。君にだけ。いやらしい私、全部、全部——」

「おお、紗耶香さん」

――パンパンパン！　パンパンパンパンパン！

「うああ。うあああぁ」

かわいいことを言ってくれる紗耶香に、もはやや痩せ我慢も限界だ。

卓也は全裸の美女をふたたび四つん這いの格好にさせると、いよいよ腰の動きにスパートをかけた。

性器が戯れあう部分から、粘りに満ちた汁音がひびく。

――グヂュグヂュグヂュ！　ネチョネチョネチョ！

「あっあっ、あああああ。すごい。すごい、すごい。あああああ」

「はぁはぁ。はぁはぁはぁ」

紗耶香の喉からは絶え間なく、とり乱したあえぎ声がはじけた。

前へ後ろへと身体を揺さぶられるたび、釣り鐘のように伸びたおっぱいがたゆんたゆんと重たげに揺れ、ふたつの肉房がぶつかりあう音がする。

（もうだめだ）

卓也は奥歯を噛みしめ、トランス状態で腰を振った。

陰嚢（いんのう）の中で精液が煮えたぎり、出口を求めて陰茎の芯を駆けあがりだす。

「あっあああ。ハァン、そんなにしたら、イッちゃう。イッちゃうイッちゃう鈴原くんイッちゃうよう。あああ。あああああ」

「も、もうだめだ。紗耶香さん、出る……」

「おおおっ。おっおお。おおおおおおっ‼」

——びゅるる！　どぴゅどぴゅどぴゅう！

ついに卓也は紗耶香を抱え、空の彼方へと撃ちだされた。

全身がペニスになったような快さ。火柱となった男根が、ドクン、ドクンと我が物顔で精のたぎりを射出する。

(最高だ)

泣きたくなるような満足感とともに、卓也は射精の恍惚感に酔いしれた。

気づけばふたりはまたしてもベッドに倒れこみ、折りかさなりながらそれぞれのアクメに溺れている。

「あっ……はあぁ……すご、い……鈴原くんが……こんな、だった、なんて……」

「紗耶香さん……」

「とろけちゃう……ハァアン……」

いっしょに達したらしい紗耶香は、もはや汗みずくだ。

湯気さえ出そうな裸身をビクビクと痙攣させ、うっとりと酩酊しきった顔つきで、女の悦びを享受する。

卓也はそんな紗耶香を背後からかき抱いた。紗耶香は意識を白濁させながらも、卓也の腕に指を重ね、幸せそうに目を閉じた。

そんな美熟女の頬を、ひとすじの汗がきらめきながら伝い流れた。


――こうして卓也は、いとしい女上司との関係をスタートさせた。

そしてこの日から一年後、ふたりは親しい友人知人だけを招待し、ささやかな結婚の宴(うたげ)を催すことになる。

その席に参集した卓也の師匠たちは、それぞれ感激して泣いたり笑ったりしながら、たくましく成長した教え子の門出を、みんなで艶やかに祝福した。


（了）

※本作品はフィクションです。作品内に登場する団体、
人物、地域等は実在のものとは関係ありません。

熟（う）れ蜜（みつ）の手（て）ほどき
〈書き下ろし長編官能小説〉
2024年2月26日　初版第一刷発行

著者……………………………………………… 庵乃音人

ブックデザイン…………………橋元浩明(sowhat.Inc.)

発行所……………………………………株式会社竹書房
〒102-0075　東京都千代田区三番町８－１
三番町東急ビル６Ｆ
email：info@takeshobo.co.jp
https://www.takeshobo.co.jp
印刷所…………………………… 中央精版印刷株式会社

竹書房ラブロマン文庫　近刊目録

※価格はすべて税込です。

好評既刊

長編官能小説
責め好き人妻のとりこ
八神淳一　著
平凡な青年は女上司によって責められる快感に目覚め、淫らな社内サービス係の仕事に…！　誘惑受け身ロマン。
836円

長編官能小説
湯たんぽ人妻の誘惑
美野　晶　著
北国で暖房が故障した青年のもとへ夜の暖かさを与えてくれる美人妻が夜這いに…！　ぬくもり誘惑ロマン！
836円

長編官能小説
湯けむり同窓会
伊吹功二　著
少年時代を過ごした温泉地に傷心旅行する男は、再会した美人先輩たちに誘惑される。ノスタルジックエロス。
836円

長編官能小説
孕ませ公務員
北條拓人　著
少子化対策として役所に新設されたのは、やむをえない事情を持った人妻に種付けする「孕ませ課」だった…！
836円